魔女嘉丽

〔美〕斯蒂芬·金 著 张建琴 李宁宁 译

CARRIE

斯蒂芬·金作品系列

STEPHEN KING

人民文学出版社

PEOPLE'S LITERATURE PUBLISHING HOUSE

著作权合同登记号　图字 01-2019-8052

图书在版编目(CIP)数据

魔女嘉丽/(美)斯蒂芬·金著;张建琴,李宁宁
译. —北京:人民文学出版社,2021(2023.1 重印)
(斯蒂芬·金作品系列)
ISBN 978-7-02-015960-4

Ⅰ.①魔… Ⅱ.①斯… ②张… ③李… Ⅲ.①长篇小说-
美国-现代 Ⅳ.①I712.45

中国版本图书馆 CIP 数据核字(2020)第 032210 号

出 品 人　黄育海
责任编辑　卜艳冰　张玉贞
封面设计　陈　晔

出版发行　人民文学出版社
社　　址　北京市朝内大街 166 号
邮政编码　100705

印　　刷　杭州钱江彩色印务有限公司
经　　销　全国新华书店等

字　　数　160 千字
开　　本　890 毫米×1240 毫米　1/32
印　　张　7.375
版　　次　2021 年 1 月北京第 1 版
印　　次　2023 年 1 月第 3 次印刷

书　　号　978-7-02-015960-4
定　　价　59.00 元

如有印装质量问题,请与本社图书销售中心调换。电话:010 - 65233595

致塔比 ①，你给我信心，助我成功。

<hr />

① 塔比是斯蒂芬·金的妻子。

目　录

第一部
血腥的玩笑

一九六六年八月十九日，缅因州韦斯托弗每周一期的《企业报》刊登了如下一则新闻：

石头雨事件

据可靠报道，八月十七日，张伯伦镇的卡林街上，一场石头雨突然从天而降。这些石头大多砸在玛格丽特·怀特太太的房屋之上，致使屋顶严重受损，两个排水沟和一根价值约二十五美元的落水管遭到损毁。怀特太太寡居，和三岁的女儿嘉丽塔①相依为命。

目前记者未能联系到怀特太太，无法得知她对于此事的回应。

那件事发生的时候，并没有人真正感到吃惊，至少在潜意识里是这样的，因为那里隐藏着野蛮残酷的念头。表面上看，当时在浴室里的女孩子们都大吃一惊，情绪激动，很难为情，也有人只是单纯地感到幸灾乐祸，怀特这个小贱人又倒霉了。其中一些人可能嘴上说自己十分惊讶，但很明显是在胡扯。嘉丽从一年级开始就和他们中的一些人同学，从那时起，这一切就开始慢慢积聚，并且缓慢而稳定地发展着，遵循支配人类本性的一切规律，一步步接近连锁反应的临界点。

———————

① 嘉丽塔是嘉丽的名字，嘉丽是昵称。

4

当然，那时她们谁也不知道，嘉丽·怀特具有意念控物的超能力。

张伯伦镇巴克街文法学校里，一张课桌上的涂鸦写着：嘉丽·怀特吃屎。

更衣室里到处是叫喊声、回声和浴室里隐约传来的水流溅在地砖上的哗哗声。刚上完第一节排球课，女孩们出汗不多，一个个神采奕奕。她们在水流下舒展、扭动着身子，大声叫嚷着，水珠四溅，白条状的香皂在她们手上传递着。嘉丽木讷地站在她们中间，像是站在天鹅中间的一只青蛙。她身材矮胖，脖子、后背和屁股上长着青春痘，湿漉漉的头发软塌塌地贴在脸旁，毫无光泽。她只是站在那里，头微微垂着，任由水拍打她的身体，水珠滚落。她看上去就像是一只献祭的羔羊，别人眼里永远的笑柄，一个相信世界上有左手扳手的傻瓜①，毛手毛脚总是出错的倒霉鬼——她就是那样的一个人。她总是可怜巴巴地希望埃文高中能有独立的单人淋浴隔间——像韦斯托弗和路易斯顿的高中那样。她们盯着我看。她们总是**盯**着我看。

淋浴龙头一个接一个地拧上了，女孩们接连走出去，摘下雅致的浅色浴帽，擦拭身体，喷上香体液，瞥一眼门上的挂钟。扣好胸罩，穿上内裤。空气中依然弥漫着朦胧的水汽；要不是角落里的爵士按摩浴缸传来隆隆的水声，这个地方就像极了一个埃及浴室。女孩们的叫声和嘘声像台球撞击后的噼啪声一样

---

① 扳手不分"左手"和"右手"，恶作剧者让人拿"左手扳手"来捉弄别人。

交织着，回荡在更衣室内。

"所以，汤米说他讨厌我身上的味道——我——"

"我是和我姐姐、姐夫一起去的，我姐夫抠鼻子，我姐姐也抠，他们真的是——"

"我放学后要冲个澡，然后——"

"质量太差了，不要浪费钱，所以我和辛迪——"

德雅尔丹小姐——她们身材瘦削、胸部平坦的体育老师——走了进来，她快速扫视了一下更衣室，干脆利落地拍了一下手。"你还在等什么，嘉丽？留堂吗？五分钟后就打铃啦!"她的短裤白得耀眼，小腿曲线算不上柔美，但是隐现的肌肉惹人注目，她脖子上挂着一枚银哨子，那是她大学射箭比赛获得的奖品。

女孩们咯咯地笑了起来，嘉丽抬起头，眼神因热气和持续轰隆的水声而略显迟钝和茫然。"呃？"

这声音很像是奇怪的青蛙叫声，太像青蛙叫声了，所以女孩们又咯咯地笑了起来。苏·斯涅尔像将要表演精彩节目的魔术师那样从头发上一把抽下毛巾，开始飞快地梳头。德雅尔丹小姐不耐烦地朝嘉丽做了个让她快点的手势，就走了出去。

嘉丽关上水龙头，淋浴头滴下最后几滴水，咕哝一声陷入了沉寂。

直到她走到外间，她们才看到从她腿上流下来的血。

摘自大卫·R.康格列斯著《潜能爆发：嘉丽塔·怀特案纪实及具体结论》（图兰大学出版社，1981年）第34页：

毫无疑问，人们对于怀特幼年时期所表现出的意念控物能力的具体事例并未多加留意，究其原因正如怀特和斯登在他们的论文《再谈意念控物能力》中所提出的：仅通过意念来控制物体移动的能力只有在受到极度压力的情况下才会爆发出来。这一能力平日里深藏不露；否则几个世纪以来，它怎会依然无人知晓，只偶尔露出藏身于骗术海洋之中的冰山一角呢？

在这一事件中，我们只有一些道听途说的证据作为研究的基础，即使这样，这些证据也足以表明，嘉丽·怀特体内存在着巨大的意念控物潜力。可悲的是如今一切都为时已晚……

"月——经！"

克莉丝·哈根森第一个发出尖叫声，这叫声在贴着瓷砖的墙面间回荡。苏·斯涅尔尽量憋住从鼻子里发出的哼笑，感受到一种混杂着仇恨、厌恶、愤怒和怜悯的奇怪情绪。她看上去那么蠢，直直地站在那里，对正在发生的事情茫然无知。天啊，你会认为她还没有来过——

"月——经！"

它成了一句口号，一句咒语。后面的人（在一片回声里，苏听不清是谁的声音，或许又是哈根森）用沙哑的声音不顾一切地喊着："把它堵上！"

"月——经，月——经，月——经！"

女孩们开始围拢到嘉丽旁边，她傻傻地站在中间，水珠从她的身体上滚落下来。她像一头耐心的公牛一样站着，意识到她们又在笑话她（一如既往），有些无奈和尴尬，但并不惊讶。

经血滴到地板上，形成一角硬币大小的**暗色**圆点，苏不禁感到一阵恶心。"看在上帝的分上，嘉丽，你来月经了！"她喊道，"快去弄干净！"

"啊？"

她迟钝地环顾四周，头发湿漉漉的贴在脸颊上，像是一个弧形头盔，一边肩膀上长了一片痤疮。她十六岁了；那曾经若有若无的受伤痕迹已经清晰地印在她的眼中了。

"她以为那是用来抿口红的！"露丝·戈根突然不知为什么高兴得大叫起来，然后大笑不止。苏后来想起了这句话，真正明白了它的意思，但此刻它只是混乱中又一个毫无意义的声音。十六岁？她想，*她一定知道发生了什么，她——*

更多的血滴在地面上。嘉丽仍然站在那里，困惑地眨着眼睛。

海伦·谢尔斯转过来，做了个呕吐的姿势。

"你在流血！"苏突然怒吼起来，"你在流血，你这个蠢货！"

嘉丽低头看向自己。

她一下子尖叫起来。

在潮湿的更衣室里，这声音异常响亮。

一个卫生棉条突然被扔到了她的胸上，"啪"一声落在她脚边。经血像红色的花朵一样在湿了的卫生棉条上绽放，然后蔓延开来。

接着，厌恶的、轻蔑的、惊骇的笑声爆发出来了，越来越激烈，最后汇合成了一股刺耳丑陋的声音；女孩们从手包或墙上坏了的自助售卖机中拿出卫生棉条和卫生巾，对她进行狂轰滥炸。它们像雪片一样朝她飞去，那一声声的叫喊变成了："把它堵上，把它堵上，把它堵上，把它堵上——"

苏也扔了，和其他人一起一边扔着，一边喊着，她其实不太确定她在做什么——仿佛着了魔似的，一个念头如霓虹灯一般在她脑海间闪烁，"这没什么大不了的，没什么大不了，没什么大不了——"甚至当嘉丽突然开始号叫，呼呼地喘着粗气、挥着胳膊后退时，这句话还在她脑中回闪，让她觉得心安理得。

女孩们停了下来，意识到嘉丽的情绪终于濒临爆发了。日后回想起来的时候，她们中的一些人说她们就是在这个时候感到吃惊的。但之前已经过去那么多年了。这些年是怎么过的呢？我们来折起嘉丽在基督教青年营的床单吧①；我发现嘉丽写给闪电男孩鲍比·皮科特②的情书啦，我们把它抄下来传给大家看；把她的内裤藏起来；把蛇藏在她的鞋里；把她再按到水里，再按一次；嘉丽倔强地跟在自行车队的最后，有一年被称为傻瓜，第二年被称为蠢货，她总是满身汗味，怎么也赶不上队伍；她在灌木丛中小便被毒藤刺了，所有人都知道了（嘿，挠屁股家伙，你屁股又痒痒啦？）；那次她在自习室睡着了，比利·普雷斯顿把花生酱涂在她的头发上；掐她，在学校走廊里伸出腿，绊倒她；把书从她的书桌上打掉；把色情明信片塞在她的包里；在教堂野餐时，嘉丽笨拙地跪下祈祷，她身上的旧

———————————

① 这是一个恶作剧，把床单的下端折起来，这样别人睡觉的时候会发现脚被绊住，无法伸直。

② 鲍比·皮科特（1938—2007），美国摇滚歌手。

马德拉斯棉裙沿着拉链裂开了一条缝，那声音就像是放了一个很响的屁；嘉丽总是接不到球，连儿童足球也接不到；二年级的现代舞课，嘉丽摔了个狗吃屎，磕掉了一颗牙；在排球比赛中嘉丽总是撞到网；她穿的长袜总是有洞，或是马上要破洞了，衬衫腋下的地方一直有汗渍；甚至有一次克莉丝·哈根森放学后从市中心的凯利水果店给她打电话，问她是否知道猪屎的拼写是 C-A-R-R-I-E：突然之间，所有这一切都到了临界点。长久以来她们对嘉丽的肆意欺辱、捉弄、恶言相向，最终导致了人们一直寻找的嘉丽的转变。裂变开始了！

她向后退去，在一片寂静中大叫着，交叠着的胖胳膊挡在面前，一根卫生棉条卡在她阴毛中间。

女孩子们盯着她看，她们眼睛发亮，眼神冷漠。

嘉丽退入四个大淋浴间中的一个，慢慢地瘫坐在边上，发出一阵阵缓慢无助的呻吟。她的眼睛露出湿漉漉的眼白，像屠宰场里即将被杀的猪的眼睛。

苏慢吞吞地、犹豫地说道："我想这一定是她第一次——"就在那时，"砰"的一声，门被匆忙推开，德雅尔丹小姐冲了进来，查看究竟出了什么事。

摘自《潜能爆发》第 41 页：

研究这个问题的医学和心理学作家都一致认为，嘉丽·怀特月经初潮的异常延迟和痛苦经历很可能是触发她潜能的关键。

令人难以置信的是，直到一九七九年，嘉丽对于成熟女性的月经周期一无所知。同样令人难以置信的是，嘉丽的母亲竟然明知自己女儿迟迟不来月经，却不带她去看妇科医生，任由她长到了十七岁。

然而，事实不容置疑。当嘉丽·怀特意识到她的阴道在流血时，她并不知道发生了什么。她根本不知道世界上有月经这回事。

她的一位幸存下来的同学露丝·戈根告诉我们说，在我们所关注的事件发生的前一年，有一次她走进埃文高中的女更衣室，看到嘉丽用卫生棉条抿口红。当时，戈根小姐说："你在搞什么鬼？"怀特小姐回答说："不是这么弄的吗？"戈根小姐随后回答说："当然。当然是这样的。"后来露丝·戈根把这件事告诉了她的许多女性朋友（她后来告诉采访者，她觉得这"还挺可爱"），如果后来有人曾经告诉过嘉丽她用来化妆的东西的真正用途，她肯定认为这又是在捉弄她。这对她来说已经司空见惯，所以她异常小心……

女孩子们去上第二节课了，上课铃声也已经停止了（在德雅尔丹小姐记下名字之前，有几个人已经悄悄从后门溜出去了），德雅尔丹小姐采取了对待歇斯底里的人的一贯做法：她啪地扇了嘉丽一记耳光。她不太可能承认这一举动给她带来了快感，她肯定也会否认她觉得嘉丽就是一个只会哭哭啼啼的胖姑娘。作为一名执教一年的新人教师，她仍然相信她真的认为所有的学生都是好孩子。

嘉丽抬起头来，呆呆地望着她，脸还在扭曲抽泣。"德——德——德雅——尔——"

"起来，"德雅尔丹小姐无动于衷地说，"站起来，去收拾一下。"

"我要流血死掉了！"嘉丽尖叫着，胡乱地挥起一只手，抓住了德雅尔丹小姐的白色短裤，在上面留下了一个血手印。

"我……你……"体育老师的整张脸厌恶地皱缩了起来，她猛地甩开嘉丽，把她推了起来，"滚那边去！"

嘉丽摇晃着站在淋浴房和安装着十美分卫生巾自动售卖机的墙中间，脑袋低垂，双乳对着地板，胳膊无力地垂着，看起来像只猩猩。她眼睛发亮，却一片空洞。

"现在，"德雅尔丹咬牙切齿地厉声说，"你拿一片卫生巾出来……不，别管那个投币口，反正它已经坏了……拿一片。该死，你为什么不动？搞得你好像从来没有来过月经一样。"

"月经？"嘉丽说。

她完全不相信的表情太过真实，充满了愚蠢和绝望的恐惧，让人无法忽视或否认。一个可怕的想法在丽塔·德雅尔丹的脑海里出现。太不可思议了，这不可能。她自己在十一岁生日后不久就开始来月经了，当时她兴奋地走到楼梯口大喊："嘿，妈妈，我来大姨妈啦！"

"嘉丽？"她朝女孩走去，"嘉丽？"

嘉丽往后缩了一些。与此同时，墙角放着垒球棒的架子也砰的一声倒了下去，球棒朝着四面八方滚去，吓了德雅尔丹小姐一大跳。

"嘉丽，这是你第一次来月经吗？"

现在她已经接受了这个想法，她几乎不需要再问。血是暗红色的，异常浓稠地流淌下来。嘉丽的两条腿都被弄脏了，满腿都是血，好像她刚刚蹚过了一条血河。

"好疼，"嘉丽呻吟道，"我的胃……"

"会过去的，"怜悯和羞愧在德雅尔丹心中交织，让她无法安宁，"你必须……呃，把血止住。你——"

头顶上突然闪过一道亮光，接着灯泡开始咝咝作响，随即"砰"地一下，像闪光枪闪过，然后灯熄灭了。德雅尔丹小姐惊叫了一声，她突然想起——

（该死的这个地方要塌了）

在嘉丽难过的时候，这种事情似乎总在她身边发生，仿佛厄运一直纠缠着她。但这个念头只是一闪而过，很快就被她抛在了脑后。她从坏掉的自动售卖机里拿出一片卫生巾，撕掉包装。

"看，"她说，"像这样——"

摘自《潜能爆发》第 54 页：

嘉丽·怀特的母亲玛格丽特·怀特于一九六三年九月二十一日生下嘉丽，当时的情景十分古怪。事实上，纵览嘉丽·怀特案，研究此案的细心人士最强烈的感受是，嘉丽居然是这个引起公众注意的奇怪家庭中的唯一问题。

如前所述，拉尔夫·怀特死于一九六三年二月，当时他在波特兰从事一个住宅项目，一根钢梁从吊索上掉了下来，砸死了他。丧夫的怀特太太继续住在他们位于张伯伦郊区的平房里。

由于怀特一家近乎狂热的原教旨主义宗教信仰，

怀特太太没有什么朋友来陪伴她度过丧夫之痛。七个月后，她也是独自一人生下了嘉丽·怀特。

九月二十一日下午一点三十分左右，卡林街的邻居们开始听到怀特家房子里传来尖叫声。然而，直到下午六点钟之后才有人打电话叫来了警察。只有两种可能原因可以解释这一延迟，但这两个原因都不那么令人愉快：要么怀特太太的邻居们不愿意被牵扯到警方调查中，要么她实在不招人待见，因而大家都冷眼旁观。有三位经历过这件事的居民仍住在这里，乔治娅·麦克劳克林太太是他们中唯一一位愿意与我谈论此事的人。她告诉我，她没有报警，是因为她认为这些尖叫声是怀特太太"圣灵附身"①时发出的喊叫。

警察在下午六点二十二分到达时，怀特太太的叫喊声已经很不规律。托马斯·G.米尔顿探员在楼上的床上发现了怀特太太，起初他还以为她是一起袭击的受害者。床上全是鲜血，一把切肉刀扔在地上。就在那时，他才看见那个趴在怀特太太胸前的婴儿，她还有一部分身体裹在胎膜里。显然是怀特太太自己用刀割断了脐带。

我们无法想象也无法相信这样的假设：玛格丽特·怀特太太并不知道自己怀孕，甚至不懂这个词是什么意思。近期，J. W.班克逊和乔治·菲尔丁等学者为这一假设做出了更合理的解释：在怀特太太的心里，

---

① 基督教某些新教徒认为自己圣灵附体的时候会做出舞蹈、颤抖等动作。

"怀孕"一词的概念是与性交的"罪"紧密联系的，因此这一概念被她从脑海中完全摈弃。她可能只是拒绝相信这样的事情会发生在自己身上。

　　我们有至少三封怀特太太寄给住在威斯康辛州基诺沙的朋友的信，这些信可以比较明确地证明，怀特太太在她怀孕的第五个月开始，坚信自己患了"女性器官的癌症"，不久后将与她的丈夫在天堂相聚……

十五分钟后，德雅尔丹小姐把嘉丽带到办公室，幸好那时走廊里空无一人。紧闭的教室门后传来上课的沉闷声音。

嘉丽终于不再尖叫，但她还是断断续续地抽泣着。德雅尔丹小姐最后只好自己动手帮她放好卫生巾，用湿巾帮她擦干净身体，再让她穿回她那朴素的纯棉内裤。

她两次试图向嘉丽解释月经很平常，但嘉丽用手捂着耳朵继续哭泣。

她们走进办公室的时候，校长助理莫顿先生飞一般地从校长办公室里冲出来。比利·德卢瓦和亨利·特南特，两个逃了初级法语课而等着挨训的男孩，从椅子上转过身来瞪着她们。

"请进，"莫顿先生轻快地说，"进来吧。"他越过德雅尔丹小姐的肩膀怒视着这两个男孩，他们正盯着她短裤上的血手印。"你们在看什么？"

"血。"亨利说，他呆滞的脸上显出一些惊讶，咧嘴笑了。

"放学后留两节课。"莫顿厉声说道。随即他低头瞥了一眼血手印，眨了下眼睛。

他关上身后的门，开始在档案柜最上层的抽屉里翻找学校意外事故表。

"你没事吧，呃——"

"嘉丽，"德雅尔丹接上他的话，"嘉丽·怀特。"莫顿先生终于找到了一张意外事故表，上面有一块很大的咖啡渍。"用不着这个，莫顿先生。"

"我想是蹦床吧。我们只是……用不着？"

"是的。但我认为应该允许嘉丽回家去。她今天受了惊吓。"她用眼神示意了一个信号，他看到了，却不明白是什么意思。

"是的，好吧，如果你这么说的话。没问题。好的。"莫顿把表格塞进档案柜，"砰"的一声关上了抽屉，却不小心夹到了拇指，咕哝了一声。他姿态优雅地转身走向门口，拽开门，瞪了一眼比利和亨利，喊道："费什小姐，请给我们一张准假单，好吗？名字是嘉丽·赖特。"

"是怀特。"德雅尔丹小姐说道。

"怀特。"莫顿重复道。

比利·德卢瓦偷笑了起来。

"放学后留校一周！"莫顿咆哮道。他的大拇指指甲被抽屉夹出了血痕，痛得要死。嘉丽单调的哭声没完没了。

费什小姐拿来了黄色的准假单，莫顿用银色的袖珍铅笔在上面潦草地写下了自己姓名的首字母，因为拇指受压而疼得五官缩成一团。

"需要送你吗，卡西？"他问道，"需要的话，我们可以为你叫一辆出租车。"

她摇了摇头。他厌恶地注意到她一个鼻孔里聚了一大团绿色鼻涕。莫顿的视线越过嘉丽的头顶，看向德雅尔丹小姐。

"她应该不需要，"她说，"她只需要走到卡林街，新鲜空气对她有好处。"

莫顿把准假单给了嘉丽。"你可以走了，卡西。"他宽宏大量地说。

"那不是我的名字！"嘉丽突然尖叫道。

莫顿后退了几步，德雅尔丹小姐跳了起来，好像被人从后面击中了似的。莫顿桌子上沉重的陶瓷烟灰缸（是罗丹的《思考者》雕像，他的头做成了装烟头的容器）突然掉在地毯上，仿佛是为了躲避那尖叫声。烟蒂和莫顿抽烟斗用的烟丝撒在淡绿色的尼龙地毯上。

"听着，"莫顿竭力装出严厉的样子，"我知道你很难过，但这并不意味着我能容忍——"

"请别说了。"德雅尔丹小姐轻声说道。

莫顿朝她眨了眨眼，然后微微点了下头。作为助理校长，他的主要工作是维护学校纪律；在训导学生的时候，他总是想去塑造一个可爱的约翰·韦恩①形象，但不算成功。校方（通常都是校长亨利·格雷尔代表学校出席国际青年协会晚餐、家长教师联谊会聚会和美国退伍军人协会颁奖典礼）通常称他为"可爱的莫特"。学生们则更喜欢称他为"办公室里罗里吧嗦的大屁眼子"。但是，像比利·德卢瓦和亨利·特南特这样的学生不能在家长教师联谊会聚会或小镇会议上发言，因此校方的这一称呼更加流行。

这会儿，可爱的莫特，一边偷偷地揉着被抽屉夹疼的拇指，

_____

① 约翰·韦恩（1907—1979），美国著名演员。

一边对嘉丽笑着说："赖特小姐，你愿意的话现在就可以走了。或者你要是想坐一会儿，也可以坐着静一静。"

"我这就走。"她咕哝道，使劲地捋了一下头发。她站起来，转过头看着德雅尔丹小姐。她的眼睛大而明亮，仿佛洞悉一切。"她们嘲笑我，往我身上扔东西。一直都是这样。"

德雅尔丹小姐只能同情地看着她。

嘉丽离开了。

办公室里沉默了一会儿；莫顿和德雅尔丹目睹着嘉丽离去。随后，莫顿先生尴尬地清了下嗓子，然后小心地蹲下来，开始收拾烟灰缸里掉下来的碎屑。

"到底是怎么回事？"

德雅尔丹叹了口气，烦躁地看了眼短裤上那已经干了的紫褐色手印。"她来月经了。第一次来。就在洗澡的时候。"

莫顿又清了清嗓子，脸红了。他用来掸碎屑的那张纸动得更快了。"她是不是有点，呃——"

"这么大了才第一次来月经吗？是的。所以她吓坏了。虽然我不明白她妈妈为什么……"她突然调转了话头，"我想我处理得不太好，莫蒂①，但是我一开始不知道发生了什么事。她以为自己要流血死了。"

他瞪大眼睛，抬头看着她。

"我觉得她半小时前才知道世界上有月经这回事。"

"把那把小刷子递给我，德雅尔丹小姐。是的，就是那把。"她把刷子递给了他，刷柄上写着：**张伯伦五金木材公司　刷去**

---

① 莫蒂是莫顿的昵称。

灰尘刷亮你。他开始把那堆灰刷到纸上。"我想剩下的得用吸尘器了，这边弄不干净了。我以为我把烟灰缸推到桌子里头了。真奇怪，它是怎么掉下来的。"他抬头的时候碰到了书桌，一下子直起身来。"德雅尔丹小姐，我很难相信，在这所高中或其他任何一所高中，一个女孩已经高三了，还不知道月经是怎么回事。"

"对我来说更难相信，"她说，"但这是我能想到的、解释她的反应的唯一理由了。她一直都被其他学生欺负。"

"嗯，"他把烟灰和烟蒂倒进废纸篓里，掸去手上的灰尘，"我想起来她是谁了。怀特。她肯定是玛格丽特·怀特的女儿。肯定是她，这就说得通了。"

他坐在桌子后面抱歉地笑了笑。"学生太多了。四五年以后，他们都变成了同一个样子。你会叫一个男孩子他哥哥的名字，诸如此类。没法子。"

"确实如此。"

"等你像我一样在学校里待了二十年，"他郁闷地说，低头看着手指上的血泡，"你看到一个孩子觉得很眼熟，然后你发现他的爸爸曾是你的第一批学生。我还没来这所学校的时候，玛格丽特·怀特就已经毕业了，对此我很庆幸。她告诉比森特夫人，愿她安息，上帝在地狱为她保留了一个特别的火椅，因为她给孩子们讲解了达尔文的进化论。她在这里上学的时候被停学两次——一次是因为她用钱包殴打同学，据说是因为她看到那个同学在抽烟。她的宗教观很奇怪，非常奇怪。"他那副可爱的约翰·韦恩的表情突然消失了。"其他的女孩。她们真的嘲笑她了吗？"

"更糟。我走进去的时候，她们正喊叫着往她身上扔卫生巾，像扔花生一样……"

"哦。哦，天哪，"莫顿先生那副可爱的约翰·韦恩的表情彻底消失了，气得满脸通红，"你记下她们的名字了吗？"

"是的，但没记全。有几个可能会把其他人供出来。和以前一样，克莉丝·哈根森似乎又是领头的。"

"克莉丝和她的小喽啰们。"莫顿喃喃地道。

"是的。蒂娜·布莱克、瑞秋·斯皮斯、海伦·谢尔斯、唐娜·锡伯杜和她的妹妹玛丽·莱拉·格蕾丝、杰西卡·厄普肖、还有苏·斯涅尔。"她皱了皱眉头。"我无法想象苏居然也会参与这样的恶作剧。她看起来不像是会这样捉弄别人的人。"

"你跟那些女孩谈过了吗？"

德雅尔丹小姐尴尬地笑了笑。"我把她们都赶出去了。我太慌乱了，嘉丽又一直在歇斯底里地喊叫。"

"嗯，"他合拢双手，指尖相对，"你打算跟她们谈谈吗？"

"是的。"但她听起来很不情愿。

"你听上去好像……"

"是的，"她闷闷不乐地说，"我觉得很为难。我理解那些女孩子的感受。整件事都让我想抓住她，并把她晃醒。也许是对月经的某种本能吧，让女人想要大叫，我不知道。苏·斯涅尔当时的样子一直在我眼前晃动。"

"嗯。"莫顿先生漫不经心地应道。他不懂女人，也没有跟女人讨论月经的想法。

"明天我会跟她们谈谈，"她答应着，站了起来，"好好教训她们一顿。"

"很好。绝不轻饶。如果你觉得她们之中有人需要，呃，需要我来处理，那就来找我吧……"

"好的，"她和善地说，"还有，当我试图让她冷静下来的时候，一个电灯泡突然坏了。这成了嘉丽情绪崩溃的最后一根稻草。"

"我马上派管理员去修，"他答应道，"谢谢你做的一切，德雅尔丹小姐。你能跟费什小姐说让比利·德卢瓦和亨利·特南特进来吗？"

"当然。"说完她就走了。

他向后靠在椅背上，把整件事情都抛在了脑后。当比利·德卢瓦和亨利·特南特这两个"逃课大王"灰溜溜地进来的时候，他正怒视着他们，眼里闪烁着兴奋，准备严厉批评他们一顿。

正如他告诉汉克·格莱尔的那样，他午饭常"吃"逃课生。

张伯伦镇高中的一张课桌上潦草地写了这么几个字：

玫瑰是红色的，紫罗兰是蓝色的，糖是甜的，但嘉丽·怀特是吃屎的。

她沿着埃文大道走，在街角的停止标志处穿过马路到了卡林街。她低着头，试着什么也不去想。小腹一阵阵疼挛，像在她体内掀起了一股股巨浪，害得她像是化油器坏了的汽车一样走走停停。她盯着人行道，水泥中闪着光芒的石英。路上用粉笔胡乱画的跳房子游戏的格子，已经被雨水冲刷模糊。还有踩成一团的口香糖、锡纸片和一分钱糖果的包装纸。他们都恨我，他们从未停止。他们永远不会厌倦。路面上的裂缝里卡了一分钱硬币。她踢了一脚。想想克莉丝·哈根森浑身是血，大声求饶。老鼠爬满了她的脸。好。很好。那太好了。被踩了一脚的狗屎。一个被某个男孩子用石头砸得发黑的消防弹帽。烟头。用石头、大石头砸她的头，砸扁他们所有人的头。好。很好。

（温柔又温和的救世主耶稣啊）

那对妈妈也好，她不用天天面对这些狼一样的人，也不会一直被人哄笑、取笑、耻笑、窃笑。况且妈妈不是说会有一个审判日

（这星名叫茵陈他们会被蝎子蜇咬 ①）

和一个持剑审判的天使吗？

如果今天就是审判日多好，耶稣不再带着小羊和一根牧羊人的曲柄杖，而是每只手上都拿了一块巨石，砸死那些嘲笑捉弄她的家伙，彻底铲除邪恶，让她们在尖叫声中灭亡——一个可怕的、血腥的但充满正义的耶稣。

如果她可以成为他的剑和他的臂膀该有多好。

她曾试图去适应这一切。她曾想过许多法子反抗她的妈妈，也试图抹去一直围绕在她周围的红色瘟疫圈。这瘟疫圈自她第一天离开卡林街的家，夹着本《圣经》去巴克街文法学校的时候就一直围绕着她。她仍然记得那一天——午饭前她在学校食堂里下跪祈祷的那一天，她一直记着那些目光，记着那突如其来又十分尴尬的寂静——还有开始于那一天并且多年来一直回荡在她耳边的哄笑声。

红色瘟疫圈就像血迹一样——你可以擦洗，一直不停地擦洗，但它会一直存在，永远无法被抹去，永远无法洁净如新。虽然她没有告诉妈妈，但她再也没有在公共场所下跪过。然而，

---

① 引自《圣经·启示录》第 8 章 11 节。

那些最初的记忆仍然在她脑海里，也在他们的记忆里。她曾拼了命跟妈妈争取要去基督教青少年营，甚至靠做针线活赚到了报名费。妈妈阴郁地警告她，那是罪，是卫理公会、浸信会和公理宗才干的勾当，是罪恶和灵性退步。她禁止嘉丽在青少年营游泳。然而，即使在他们把她按进水里时（即使她都无法呼吸了，他们还是继续按她，然后她开始慌了，放声尖叫），她还是去游泳、和他们一起大笑，试着去参加营地的各种活动。他们叫她"老教徒"，还对她干了无数恶作剧，最后她不得不提前一个星期搭公车回家。下车的时候，她的两只眼睛哭肿了，妈妈在车站接她，冷冷地告诉她，她应该好好"珍藏"这段被迫害的记忆，这是她"不听老人言，吃亏在眼前"的教训，也证明了如果她想得到安全与救赎，就只能待在红色瘟疫圈内。"因为引到永生，那门是窄的。"①妈妈在出租车上严厉地说道。回到家后，她让嘉丽在壁橱里关了六小时禁闭。

当然，妈妈不许她和其他女孩一起洗澡；但是嘉丽把洗漱用品藏在学校的储物柜里，还是去了；参加这样一个裸体的仪式令她感到羞耻又尴尬，但她还是希望她周围的瘟疫圈能消退一些，哪怕只是一点点——

（但今天哦今天）

五岁的汤米·厄伯特正在街对面骑自行车。他个子不高，正一脸严肃地骑着一辆二十英寸、带有鲜红色辅助轮的施文牌自行车，嘴里哼着："史酷比，你在哪里？"他一看到嘉丽，就满脸放光，冲她吐起了舌头。

---

① 引自《圣经·马太福音》第 7 章 13—14 节。

"嘿，屁屁脸！老教徒嘉丽！"

嘉丽突然怒火中烧地瞪着他。那辆自行车的辅助轮开始晃动，然后自行车倒在了地上。汤米吓得大声尖叫，自行车压在了他身上。嘉丽笑了，继续往前走。汤米的哭声仿佛悦耳的音乐在她耳边回响。

要是她随时都能让那样的事发生就好了。

（你已经干了）

她在离她家七幢房子的地方突然停下来，眼睛瞪着前方一动不动。在她身后，汤米泪流满面地爬回自行车上，揉着擦伤的膝盖。他冲她叫了声什么，但她没有理会。和她听过的咒骂相比，这点算得了什么？

她刚刚一直在想：

（从自行车上摔下来小屁孩把你推下去摔烂你的笨脑袋）

然后他就摔倒了。

她的大脑已经……已经……她思索着用什么词。发力了。这样说不太对，但非常接近了。有一种莫名的意念的弯曲，就好像是弯曲着准备举起哑铃的手臂。这也不完全正确，但这是她能想到的最好的表达了。无力的手肘。孱弱婴孩的肌肉。

发力。

她突然凶狠地盯着约拉蒂太太的大落地窗。她心里想着：

（愚蠢、邋遢的老泼妇，打碎那扇窗户）

什么都没发生。约拉蒂太太家的落地窗在早晨九点钟清新的晨光中宁静地闪着光。嘉丽的肚子又开始疼了，她继续往前走。

但是……

那道光。还有烟灰缸；别忘了那个烟灰缸。

她回过头

（老泼妇恨我妈妈）

向后看去。好像有什么发力了……但非常微弱。她的思绪感到一阵颤动，就像深井里突然涌出一串水泡。

那扇落地窗上似乎出现了波纹，但仅此而已。也可能是她的眼睛出现了问题。可能是。

她开始感到疲倦和头晕，头开始痛，头部神经突突地跳动。她的眼睛发热，就好像她刚坐下来，把《启示录》从头到尾读了一遍。

她继续沿着街道朝那座有着蓝色百叶窗的白色小房子走去。那种熟悉的爱恨交加又有点畏惧的感觉在她心里翻腾。平房的西侧爬满了常春藤（他们总是管它叫那幢平房，因为白宫①听起来像一个政治笑话，妈妈说所有政治家都是骗子和罪人，他们最后会把国家交给不信神的赤色分子，而这些赤色分子会折磨耶稣所有的信徒，甚至天主教徒），常春藤美丽如画，她知道，但有的时候她讨厌它。有的时候，就像现在，常春藤看起来就像一只诡谲的大手，布满了从地下冒出来的血管，紧紧地把这平房攥在手里。她拖着脚一步一步靠近它。

当然，还有那天的石头。

她又停了下来，想起那一天，机械地眨了下眼睛。那些石头。妈妈从来没有提起过那件事；嘉丽甚至不知道妈妈是否还记得那天。令人惊讶的是她自己居然还记得。那时她还是个小

---

① 这里使用了谐音，嘉丽的姓氏怀特汉语意思为"白色的"，怀特一家住的房子和白宫的英语写法相同，所以别人叫嘉丽家的房子"白宫"。

女孩。多大？三岁？四岁？还有那个穿白色泳衣的女孩，然后石头雨从天而降。屋子里的东西飞了起来。一瞬间，有关这件事的所有记忆突然变得清晰起来，仿佛它一直都在，就在那些表象之下，等待着某种精神上的青春期的到来。

也许，就是等待今天。

摘自杰克·盖弗《嘉丽：意念移物能力苏醒的那个黑暗黎明》（《时尚先生》，1980 年 9 月 12 日）：

斯特拉·霍兰在圣地亚哥郊区的帕里什镇生活了十二年，从外表上看，她是典型的加州女人：她穿鲜艳的印花长裙，戴烟熏琥珀色的太阳镜；金色头发中夹着一些黑色发丝；开一辆栗色大众甲壳虫小汽车，油箱盖上贴着微笑贴纸，后窗贴着绿旗生态环保标签。她丈夫是美国银行帕里什分行的一名高管；儿子和女儿都是南加州的"日光趣"飞行教育机构的注册会员，在沙滩上晒得黑亮。小而整洁的后院里有一个烤肉炉，门铃声是"嘿，裘德"的一段朗朗上口的副歌。

但霍兰女士骨子里还是新英格兰人，当她提起嘉丽·怀特的时候，她脸上出现了一种古怪憔悴的表情。这表情更像来自阿卡姆的洛夫克拉夫特①，而不是来自加州南部的凯鲁亚克②。

---

① 洛夫克拉夫特（1890—1937）：美国作家。
② 凯鲁亚克（1922—1969）：美国小说家、诗人。

"她当然很怪,"斯特拉·霍兰告诉我,她捻灭了第一支维吉尼亚淑女烟,又点上了一支,"他们一家都是怪人。拉尔夫是个建筑工,街上的人说他每天都带着一本《圣经》和一把点三八口径的左轮手枪去上班。《圣经》是他茶歇和午餐时候看的。点三八口径的左轮手枪是为他在工作中可能遇到的敌基督者准备的。我还清楚地记得那本《圣经》。至于左轮手枪……谁知道呢?他身材高大,橄榄色皮肤,头发总是剃成平头,看上去就是个刻薄的人。你不能直视他的眼睛,绝对不行。他的目光炽热,看起来甚至像在发光。当你看到他向你走来的时候,你会避到街对面去,你也不敢在他背后冲他吐舌头,绝不敢。你就知道他有多可怕了。"

她停了下来,冲着天花板上的假红杉木横梁喷出烟云。二十岁前她一直住在卡林街,每天白天坐车去莫顿的卢因商学院上课。多年后的今天,她仍然十分清楚地记得石头雨的事。

"有时候,"她说,"我会想是不是我引发了这一切。他们家的后院紧挨着我们家的,怀特太太还种了道篱笆隔开两家的院子,但那篱笆还没长高。她给我妈妈打了很多电话,抗议我在我家后院干的'好事儿'。嗯,我的游泳衣非常得体,只是一件朴素的老款詹特森连体式泳衣——以现在的标准来看可以说很保守。但怀特太太常常没完没了地说,这样的衣服如果被她的'宝宝'看到,那简直是残害她的宝宝。我妈妈……嗯,她尽量表现得礼貌,但她的脾气太火爆了。我不知道玛格丽特·怀特说了什么让她终于忍无可忍了——可能是她叫我巴比伦大淫娃吧,我妈妈对她说,我家的院子就是我家的院子,只要她和我乐意，我就可以光着身子出去跳艳舞。我妈妈还告诉她，她是一个思想肮脏的老妇人，满脑子蛆虫。她听了之后更加歇斯底里，但也无可奈何。

"我不想再去院子里晒日光浴了。我不想惹麻烦。一有麻烦，我的胃就不舒服。但我妈妈，当她认准了一件事，什么都无法阻止她。她从乔丹马什百货公司给我买了一套白色比基尼泳衣，告诉我，多晒晒太阳总是好的。'毕竟，'她说，'这是我们自己后院的事儿。'"

斯特拉·霍兰想起那段往事，微微一笑，然后摁灭了烟。

"我试着和她争论，告诉她我不想再惹麻烦，不想充当她们后院之争中的棋子，这毫无益处。可是当我妈妈吃准了要干什么事的时候，阻止她就像想阻止一辆没有刹车的马克卡车冲下坡一样。事实上，我不想继续的更重要的原因是，我怕怀特一家人。真正的宗教狂可不能惹。当然，那个时候拉尔夫·怀特已经死了，但万一玛格丽特还留着那把点三八手枪呢？

"所以，那个周六下午，我躺在后院的毯子上，全身涂了防晒霜，听着收音机里的《最佳40》节目。妈妈讨厌这些歌，通常在她发飙之前，她会一再叫我把声音关小。但那天她自己把声音调高了两次。我都开始觉得自己像是巴比伦妓女了。

"但是没人从怀特家里出来。那个老女人也没有出来晾衣服。对了，还有一点很奇怪——她从来不把内衣晾在后院的绳子上，甚至连嘉丽的也不晾，那时候她才三岁。她们的内衣只晾在家里。

"我开始放松下来。我想我当时一定认为玛格丽特带着嘉丽到公园里去野外敬拜什么的了。不管怎样，过了一会儿，我翻了个身，用一只胳膊挡住眼睛，迷迷糊糊睡着了。

"我醒来时，嘉丽正站在我旁边，低头看着我的身体。"

她突然停了下来，冲着远方皱起眉头。外面，汽车不停地呼啸而过。我能听到我的录音机持续发出的磁带转动声。但是这一切看上去都太脆弱、太浮华，就像是黑暗世界外面的那一层廉价涂料——掩盖着一个发生噩梦的真实世界。

"她长得真是好看，"斯特拉·霍兰一边点燃另一支香烟，一边继续说道，"我看过她高中时的一些照片，还有《新闻周刊》封面上那张模糊可怕的黑白照。看着那些照片，我所能想到的是，亲爱的上帝，那个小女孩哪儿去了？那个女人对她做了什么？然后我感到又恶心又难过。小时候的她是那么漂亮，粉红色的脸颊和明亮的棕色眼睛，她的金发是那样一种色调，你知道，那种以后会变深，变成灰褐色的金发。甜美是唯一适合她的字眼。甜美，阳光，天真。那时，她母亲的病态还没有对她造成太大的影响。

"我一下惊醒了，想对她微笑。我不知道该做什么。我被太阳晒得昏昏沉沉的，脑子里一团浆糊，反应迟钝。我对她说了声'嗨'。她穿着一条淡黄色的小裙子，十分可爱，但是对一个小女孩来说夏天穿那条裙子太长了，都盖住她的小腿了。

"她没有对我笑。她只是指着我说：'那是什么？'

"我低头一看，发现我的胸罩在睡觉时滑落了。我重新穿好，对她说：'这是我的乳房，嘉丽。'

"然后她非常严肃地说：'我希望我也能有。'

"我说：'你得等等，嘉丽。再过八九年，你就会有了。'

"'不，我不会的，'她说，'妈妈说好女孩都没有这个。'作为一个小女孩，她看起来很奇怪，半是悲伤，半是自以为是。

"我简直不敢相信，跃入我脑海的第一个想法也脱口而出了。我说：'瞧，我是个好女孩，我就有啊。难道你妈妈没有乳房吗？'

"她低下头，轻声说了些什么，我没听清楚。当我请她再说一遍的时候，她带着蔑视的神情看着我说，她的妈妈在造她的时候很坏，所以她才有了乳房。她把它们叫作脏枕头，好像它们是一个字似的。

"我简直不敢相信我的耳朵，我目瞪口呆、无言以对。我们只是盯着对方，我想做的就是抓住这个可怜的小女孩，然后带着她逃跑。

"就在这时，玛格丽特·怀特从后门走出来，看见了我们。

"有那么一会儿，她只是睁大了眼睛，似乎不敢相信自己的眼睛。然后她张开嘴，开始呼喊。那是我这辈子听到的最难听的声音，就像一头公鳄鱼在沼泽里发出的声音。她只是愤怒地咆哮，彻底的、疯狂的愤怒。愤怒使她的脸变得像消防车车身一样红；她双手紧紧握成拳头，对着天空呼喊，浑身发抖，我觉得她是中风了。她的脸皱成一团，像一只滴水嘴兽①的脸。

"嘉丽一下子屏住了呼吸，脸色变得惨白。我觉得她马上要晕倒了——或者就死在当场。

"她妈妈喊道：'嘉——丽——！'

"我跳了起来，冲她喊道：'你别那样对她大喊大叫！你应该感到羞耻！'差不多那样的傻话。具体说了什么我不记得了。嘉丽开始往回走，然后停了下来，又开始往前走。就在她

---

① 滴水嘴兽：教堂顶上鬼怪模样的雕饰。

从我家的草坪走到她家草坪的时候，她回头看了看我，那个眼神……呃，太可怕了。我说不出来。渴望、憎恨和恐惧……还有悲惨。仿佛命运本身如同石头一样砸在她身上，尽管她只是一个三岁的孩子。

"我妈妈从屋里走到门廊下，她一看到嘉丽脸就皱了起来。至于玛格丽特……她尖叫着关于荡妇、妓女之类的话，还有父之罪，自父及子直到七世仍会被惩罚，等等。我嘴巴发干，说不出话来。

"有那么一会儿，嘉丽在两个院子间踟蹰，然后玛格丽特·怀特抬头向上看，我发誓，天哪，那个女人开始对着天空喊叫。然后她开始……伤害自己，折磨自己。她抓着自己的脖子和脸颊，弄出红色的抓痕，还撕破了自己的裙子。

"嘉丽尖叫着：'妈妈！'然后跑向她。

"怀特太太有点……像青蛙一样蹲下，张开双臂。我以为她要压扁嘉丽了，吓得我尖叫了起来。那个女人却笑了，张嘴大笑，口水直淌到下巴。哦，好恶心。天啊，太恶心了！

"她把嘉丽抱起来，他们就进去了。我关掉收音机，听到了她的说话声。只听到几个词。你无须听到所有的话就能知道发生了什么。祈祷、哭泣和尖叫。疯狂的声音。玛格丽特告诉小女孩到自己的壁橱里祈祷。小女孩哭喊着说对不起，她忘了。然后就没有声音了。妈妈和我面面相觑。我从没见过妈妈的脸色这么难看，即使是爸爸去世的时候也没有。她说了声：'那孩子——'便没有接下去。我们回到了屋里。"

她站起来，走到窗边，她穿着黄色露背背心裙，很漂亮。"你知道，这几乎就像从头再经历一遍，"她说，没有回头，"我心里又是一片怒火。"她微微一笑，双手交叉抱在胸前。

"哦，她太漂亮了。你根本无法从那些照片中看出来。"

外面的汽车来来往往，我坐在那里等着她继续。她的样子仿佛一个撑竿跳运动员，盯着横竿，在考虑是不是定得太高了。

"我妈妈沏了苏格兰茶，茶很浓，加了奶，以前我在外面像'假小子'一样打闹被人推到荨麻丛里，或者从自行车上摔下来时，她也会给我沏这样的茶。茶不好喝，但我们还是面对面坐在厨房的角落里，喝了起来。她穿着一件旧的家居服，背后的衣服褶边耷拉着，我则穿着巴比伦妓女的两件套泳衣。我想哭，但这一切太真实，和电影不一样，真实地让我哭不出来。有一次，我在纽约看见一个老醉汉牵着一个穿蓝衣服的小女孩。那女孩哭得流了鼻血。那个醉汉有大脖子病，脖子粗得像轮胎内胎。他的前额中间长了一个红包，身上的蓝色哔叽夹克上拖着一根长长的白线。人们来来往往，对他们视若无睹，因为如果你不停往前走，很快你就会看不到他们。这就是真实的世界。

"我想告诉我妈妈这件事，正要开口的时候，另一件事发生了……我猜这是你来这里想了解的那件事。外面传来砰的一声巨响，瓷器橱里的玻璃杯被震得叮当作响。我们不仅听到了声音，也感到了震动，厚重而坚实的感觉，就好像有人刚刚把一个铁保险箱从屋顶推了下来。"

她又点了一支烟，开始快速地抽起来。

"我走到窗前往外看，但什么也看不见。然后，当我准备转身的时候，又有别的东西掉了下来。它在阳光下闪闪发光。有那么一会儿我以为看到了一个大玻璃球。然后它撞到了怀特家屋顶的边缘，将其砸得粉碎；那根本就不是玻璃，而是一大块冰。我正要转过身去告诉妈妈，就在这时，更多冰块突然噼里啪啦砸下来，像下阵雨似的。

"它们砸在怀特家的屋顶上，落在屋前屋后的草坪上，落在通往地窖的门上。那是一块镀锡铁皮做的门，当第一块冰落在上面的时候，发出了巨大的响声，就像教堂的钟声那样，我和妈妈都尖叫起来。我们紧紧地抱在一起，像暴风雨中的小女孩。

"然后一切都停了下来。他们的房子里悄无声息。你可以看到阳光下冰上融化的水从石墙面上淌下来。一大块冰卡在屋顶和他们的小烟囱的角上。它折射的光亮得使我睁不开眼。

"妈妈开始问我是不是结束了，然后我们听到了玛格丽特的尖叫声。这个声音我们听得很清楚。在某种程度上，这比之前的喊叫声更糟，因为这一次的声音里带着恐怖。然后是锵锵声、砰砰声，好像她把家里所有的锅碗瓢盆都扔向了那女孩。

"后门砰的一声打开，又砰的一声关上了。没有人出来。更多尖叫声。妈妈叫我报警，但我无法动弹。我好像被钉在了那个地方，挪不开脚步。柯克先生和他的妻子弗吉尼亚走到他们的草坪上张望。史密斯一家也是。很快地，住在这条街上的当时在家的人都跑了出来，甚至年迈的沃里克太太也从远处出来了，要知道她一只耳朵已经聋了。

"房子里传来东西碰撞的声音，叮当作响，支离破碎。瓶子、玻璃杯，不知道到底是什么。然后，旁边的窗户被撞开了，厨房的桌子掉出来一半。上帝作证。那是一个很大的红木桌子，肯定有三百磅重，把百叶窗也带出来了。试问，一个女人，哪怕是一个大个子女人，怎么能把它扔出去呢？"

我问她是不是在暗示什么。

"我只是告诉你事实，"她坚持道，突然有些心烦意乱地说，"我不是要你相信——"

她似乎喘了口气，然后继续平静地说道：

"大概有五分钟的时间，周围悄然无声。水从那边的排水沟里滴下来。怀特家的草坪上到处都是冰块，它们融化得很快。"

她急促地笑了一下，然后摁灭了她的香烟。

"为什么不呢？那可是八月。"

她漫不经心地走回沙发，然后又转身离开。"然后就是那些石头。从蓝天上直直地砸下来，像炸弹一样呼啸而来。妈妈大叫道："那是什么！看在上帝的分上！"她把手放到了头上。但我动弹不得。我眼睁睁地看着这一切，却无法动弹，但是也没关系。石头只落在怀特家的房子上。

"有一块石头砸中了一个落水管，把它砸到了草坪上。其他石头则直接砸穿屋顶，落进他们家的阁楼。每砸一下，屋顶就发出巨大的破裂声，震起一片尘土。那些砸在地面上的石头让一切都随之一震，你的脚能感觉到它们对地面的撞击。

"我们的瓷器被震得叮当作响，精致的威尔士梳妆台也在摇晃，妈妈的茶杯也被震落到地上，摔碎了。

"这些石头在怀特家的后草坪上砸出了许多大坑，像弹坑一样。后来，怀特太太雇了镇上一个收破烂的把它们运走，街那头的杰里·史密斯给了他一美元，让他从石头上劈下一块来。他把它带到波士顿大学，那里的人做了检验，说那只是普通的花岗岩。

"最后一阵石头雨中的一块砸中了他们后院的一张小桌子，把它砸得粉碎。

"但没有任何不在她们家范围内的东西被砸到。"

她停了下来，从窗口转过身来看着我，回忆这一切，使她的脸看起来非常疲惫。一只手无意识地摆弄着她随意蓬松的时尚发型。"当地报纸没有刊登多少有关这件事的新闻。当比利·哈里斯来的时候——他负责报道张伯伦镇的新闻，她已经找人把屋顶修好了，当人们告诉他石头直直穿过屋顶的时候，我想他一定以为我们都在开玩笑。

"没有人愿意相信这件事，即使现在也是如此。你和你所有的读者都会希望他们能一笑了之，说我只是一个在太阳下待久了的疯子。但它的确发生了。那条街上的很多人都亲眼看见了这一切，就像牵着流鼻血小女孩的那个醉汉一样真实。还有一件没人能一笑置之的事。那就是，太多的人死了。

"而且不只在怀特家的范围内。"

她笑了一下，但这笑容毫无幽默的意味。她说：

"拉尔夫·怀特买了保险，玛格丽特在他死后得到了一大笔钱……所谓的'双倍赔偿'。他也给房子买了保险，但她一分钱也没拿到，因为损失是天灾造成的。诗意的正义，是吧？"

她又笑了一下，这其中也没有幽默的意味。

嘉丽·怀特的埃文综合高中笔记本的一页上反复写着一句话：

每个人都认为／那个孩子不可能得到祝福／直到她最终发现她和其他人一样……

嘉丽走进屋里，随手关上了身后的门。明亮的阳光消失了，取而代之的是棕色的阴影和凉爽的感觉，以及滑石粉刺鼻的气味。家里很安静，唯一的声音是客厅里的黑森林布谷鸟钟的滴答声。妈妈是用绿票①买的布谷鸟钟。六年级的时候，有一次，嘉丽想问妈妈绿票是不是无罪的，但是她没敢问出口。

她穿过前厅，把外套放进壁橱里。挂衣钩上方贴着一幅闪光画，画中一个幽灵般的耶稣，阴沉地俯视着坐在餐桌旁的一家人。下面是标题（也是发光的）：《看不见的客人》。

她走进客厅，站在已经褪色的、破旧磨损的地毯中间。她闭上眼睛，看着眼前的小圆点在黑暗中闪过。她的太阳穴突突地疼。

只有她一个人。

妈妈在张伯伦中心的蓝丝带洗衣店干熨衣服和叠衣服的工作。从嘉丽五岁起妈妈就在那里工作，那时她父亲的意外事故赔偿金和保险已经快用完了。她从早上七点半工作到下午四点。洗衣店里的人不信神，妈妈已经告诉她很多次了。工头埃尔顿·莫特先生尤其不信。妈妈说撒旦在地狱里留了一个特别的蓝色角落给埃尔特，在蓝丝带大伙儿都那么叫他。

只有她一个人。

她睁开眼睛。客厅里有两把直背椅子，一张带灯的缝纫桌，嘉丽有时晚上在那里做衣服，妈妈则在那里编织花边桌布，谈论着耶稣再临。远处的墙上挂着黑色森林布谷鸟钟。

家里有许多宗教画，但嘉丽最喜欢的是她椅子上方的墙上挂着的那一幅。画中耶稣带领着羔羊上山，山上绿草茵茵，就

---

① 绿票：零售商为了吸引顾客分发的购物券。

像河畔高尔夫球场那样美。其他的画就没有这么宁静了：耶稣把兑钱商赶出圣殿，摩西把法版扔在金牛像的信徒身上，怀疑者托马斯把他的手放在基督的伤口上（哦，她小时候被那幅画吓坏了，经常做噩梦！），挪亚方舟漂浮在水中，水里是痛苦的、即将溺水的罪人，罗德和他的家人逃离熊熊燃烧的所多玛和蛾摩拉①。

在小松木桌上有一盏灯和一堆小册子。最上面的小册子上有一幅图片：一个罪人（从他脸上痛苦的表情可以看出他的心理状态）试图爬到一块大石头下面。标题很醒目：《那日，磐石也无法将他隐藏》。

但实际上，主导整个房间的是远处墙上的一个巨大的足足有四英尺高的石膏十字架。那是妈妈特地从圣路易斯邮购来的。钉在上面的耶稣全身肌肉因为疼痛而缩紧，表情痛苦，嘴角向下，仿佛在呻吟。荆棘王冠刺出的猩红色血流淌到了他的太阳穴和前额上。眼睛向上看着，流露出一种中世纪的痛苦神情。双手也浸在血泊中，双脚钉在一个小石膏平台上。这个雕塑也给嘉丽带来过许多噩梦，在梦里，肢体残缺的基督拿着木槌和钉子，在走廊里追着她，求她背起十字架，跟随他。就在最近，这些梦变成了一些不好理解却更险恶的东西，其目的似乎不是谋杀，而是更难以启齿的东西。

只有她一个人。

她腿上、肚子和私处的疼痛已经缓解了一点，她不再认为自己会流血而亡。原来那个词是"月经"，突然间，一切都变得

———————————

① 所多玛和蛾摩拉：罪恶之城。

合乎逻辑，顺理成章了。这是妈妈每个月的那几天。嘉丽在客厅肃穆的寂静中发出奇怪的、受惊的咯咯笑声，听起来像个智力竞赛节目，你也可以在每个月的那个时刻赢得一次免费的百慕大之旅。就像石头雨的记忆一样，关于月经的知识似乎一直都在那里，被封锁着却也在等待着解封。

她转过身步履沉重地走上楼梯。浴室里的木地板几乎被擦成了白色（清洁是最接近圣洁的），浴缸的腿是爪形的，镀铬出水口生锈了，锈渍滴到了下方的瓷面上，浴室里没有安装淋浴喷头。妈妈说淋浴是有罪的。

嘉丽走了进去，打开毛巾柜，开始小心而有目的地仔细搜寻，确保东西不会移位。妈妈的眼睛很尖。

蓝色的盒子在最后面，在他们不再使用的旧毛巾后面。

盒子侧面印着一个穿着薄长袍、轮廓模糊的女人剪影。

她拿出一片卫生巾，好奇地看着。有一次，她在街角用卫生巾抿口红，那口红是她偷偷放在包里的。现在她回想起了（或想象着她记起了）别人那古怪而震惊的表情。她的脸红得发烫。他们其实已经告诉她了。她又气得脸色一阵发白。

她走进她的小卧室。这里有更多的宗教图片，但羔羊的图片更多，正义的愤怒的图片少一些。她的梳妆台上钉着一面埃文高中的小旗子，上面还放着一本《圣经》和一个在黑暗中闪闪发光的塑料耶稣像。

她开始脱衣服，先脱下衬衫，然后脱掉那条讨厌的及膝长裙、衬裙、紧身褡、衬裤、吊袜带和长筒袜。她带着一种可怜的神情瞧着那堆沉重的衣服和它们上面的纽扣和橡胶。学校的图书馆里有一叠过期的《十七岁》杂志，她经常装出一种漫不经心的痴傻表情翻看那些杂志。上面的模特们穿着时髦的短裙、连裤袜和带花边的印花内衣，看上去是那么地随意自如。当然，"随意"是妈妈最喜欢用来形容他们的词之一（她知道妈妈会说什么哦，不许问问题）。这个词让她十分敏感，她知道这一点。裸露，邪恶，被裸露癖的罪恶玷污，风挑逗地从后面吹上她的大腿，激起她的渴望。她知道他们会知道她的感受。他们总是知道。他们会设法让她难堪，野蛮地把她推回小丑的世界。这是他们的方式。

她可以，她知道她可以

（什么）

过另一种生活。她的腰有点粗，只是因为有时她觉得自己太可怜、空虚、无聊，唯一能填补这个不断扩张的空虚的办法就是吃——但她的腰身还没有粗得不可收拾。在她这个年纪，身体的新陈代谢不会让她身材走样。她觉得自己的腿其实很好看，几乎和苏·斯涅尔或维姬·汉斯科姆的一样好看。她可以

（什么哦什么哦什么）

她可以不再吃巧克力，这样她的粉刺就会消失，每次都是这样。她可以打理一下头发。买些连裤袜，还有蓝色和绿色的紧身裤。用巴特里克和简美牌的衣样缝一些半裙和连衣裙。只要一张公共汽车票的钱，一张火车票的钱，她就可以，可以，可以——

活着。

她解开厚厚的棉质胸罩，任其滑落。她的乳房洁白高挺，皮肤光滑。乳头是浅咖色的，她的手轻轻滑过它们，浑身微微

打颤。邪恶，坏东西，哦，是的。妈妈跟她说到过一些东西。这些东西很危险，古老，充满难以形容的罪恶。它会让你变虚弱。小心，妈妈说，它在晚上来，它会让你想起人们在停车场和小旅馆里干的坏事儿。

可是，虽然现在才早上九点二十分，嘉丽却觉得这东西来到了自己身上。她又用手抚过她的乳房

（脏枕头）

她的皮肤很凉，但乳头又热又硬。轻轻拧了一下，她觉得自己很虚弱，像要融化了一样。是的，就是这个东西。

她的内裤上有血迹。

突然，她觉得她必须大哭、尖叫或者把那个东西从她的身体里扯出来，打它、碾碎它、杀死它。

德雅尔丹小姐给她粘好的卫生巾已经被血浸透了，她小心翼翼地把它换下来，她清楚地知道自己有多坏、他们有多坏，她有多恨他们和她自己。只有妈妈是好的。妈妈曾反抗一个恶魔，并赶走了他。嘉丽在梦中看到过这一切。妈妈用扫帚把他赶出了前门，那个恶魔沿着卡林街逃进了深夜里，他的偶蹄①在水泥地上擦出了红色的火星。

妈妈把自己身上的那东西撕出来了，她是纯洁的。

嘉丽恨她。

她从挂在门后的小镜子里瞥见了自己的脸，镜子的边缘是廉价的绿色塑料，只适合梳头的时候用。

她恨她自己的脸，恨她那呆滞的、愚蠢的、面无表情的脸，

---

① 偶蹄，魔鬼的象征。

恨她那毫无神采的眼睛，恨那些红亮的粉刺，恨那一簇簇的黑头。她最恨的是她的脸。

镜子里的她突然被一道锯齿状的银色裂缝划破。镜子掉在地上，碎在她脚边，只留下塑料边框，像瞎了的眼睛一样瞪着她。

摘自奥格尔维《超自然现象大辞典》：

意念移物是一种使用精神力量移动物体或使物体发生变化的能力。这种现象通常发生在遭遇危机或巨大压力的情况下，例如，使压住身体的汽车或倒塌建筑上的碎砖烂石浮到空中等等。

这种现象通常会和恶作剧鬼混为一谈，恶作剧鬼指调皮的精灵。应该注意的是，恶作剧鬼是尚未证实的精神体，意念移物则被认为是精神的实际功能，其本质可能是电化学反应……

他们做完爱后，苏·斯涅尔坐在汤米·罗斯那辆一九六三年款福特车的后座上，慢慢整理自己的衣服，思绪又不由自主地回到了嘉丽·怀特身上。

这是星期五的晚上，汤米（他的裤子还褪在脚踝上，正闷闷不乐地从后窗往外看；这场面有点滑稽，但又怪得可爱）带她去打保龄球。当然，这是一个双方都能接受的借口，他们从一开始就想着做爱。

从去年十月（现在已经五月了）起，她和汤米就经常出双入对了，然而他们成为真正意义上的情人才两星期。七次，她

纠正自己，今晚是第七次。没有看到烟花，也没有乐队演奏
《星条旗永不落》，但感觉已经好多了。

第一次疼得要命。她的女朋友海伦·谢尔斯和珍妮·高尔
特都干过那事，她们都向她保证，这种事只会疼一分钟——就
像打了一针青霉素，然后就爽到飞了。但对于苏来说，她的第
一次就像被人用锄头柄挖洞一样。后来，汤米也腼腆地向她承
认，他避孕套戴反了。

今晚只是她第二次感受到一丝类似快感的东西，然后就结
束了。汤米已经尽量坚持，但就那么……结束了，感觉就好像
是为了一点不值一提的温暖摩擦了大半天。

在这之后，她觉得有点消沉和忧郁；低沉的情绪下，她又
想到了嘉丽，在情绪最不设防的时候，一阵阵悔意涌上了她的
心头。当汤米转过头来，不再看砖厂山时，发现她正在哭。

"嘿，"他惊慌失措地说，"哦，嘿。"他笨手笨脚地抱住她。

"我没事，"她说，但是还在哭，"不是你的错。我今天干了
一件不太好的事情。我只是在想那件事而已。"

"什么事？"汤米轻轻地拍着她的后颈。

于是，她发现自己开始讲述那天早上的事情，她几乎不相
信她在倾听自己的讲述。当她诚实地面对自己的时候，她意识
到她愿意把自己交给汤米的主要原因是她

（爱上了他？还是迷恋他？这都不重要因为结果都一样）
现在她却干了这么一件事——跟着别人一起搞了一出丑陋的浴
室恶作剧，这可不是搞定男人的好办法。更何况汤米可是大众
偶像，从小到大，她也一直是校花，似乎命中注定她会遇到一
个和她一样受欢迎的人，并爱上他。他们肯定会被选为高中春

季舞会的国王和王后，而高年级班已经把他们选为要载入学校
年刊的年级佳侣。通常高中生的爱情很善变，但他们的感情一
直很稳定——他们是公认的罗密欧与朱丽叶。她突然充满厌恶
地意识到，在全美国所有的白人郊区高中里，都有一对他们这
样的情侣。

她拥有了自己一直渴望的东西——归属感、安全感和地位，
但她发现随之而来的，却是一种不安感。这和她原本想象的不
同。在他们温暖的光环下，有一些黑暗的东西正在潜滋暗长。
例如，她让他干她的原因

（你一定要用这个词吗是的这次我要这么说）

很简单，就是因为他是大家的梦中情人。他们走在一起的时候
很登对，她看着商店橱窗里他们的影子时，心里可以想真是郎
才女貌。

她很肯定

（或只是希望）

她没有那么软弱，没有那么容易屈服于父母、朋友甚至她自己
的虚荣的期望。但现在发生了浴室的那件事，她不仅参与了，
还带着强烈的、残酷的喜悦投入其中。她一直回避的那个字眼
是**从众**。那个词让她想起了一些惨兮兮的场景：丈夫在一间不
知名的办公室里埋头工作，她头戴卷发器，站在熨衣板前，边
熨衣服边看肥皂剧，打发漫长的下午；加入家长教师协会，在
他们的收入达到五位数时，加入乡村俱乐部；放在没有编号的
黄色小圆盒里的药丸，用来保证在必须要孩子的时候到来之
前，不失去她那少女的体形，并防止那些会把屎拉在裤子里
的、在凌晨两点大叫妈妈的讨厌小家伙闯入她的生活；为了把

黑鬼们赶出这个地方，与特恩·史密斯[1]和薇姬·琼斯[2]肩并肩地站在一起，手持标语和请愿书，脸上挂着甜蜜而略带绝望的微笑。

嘉丽，是那个该死的嘉丽，都是她的错。也许在今天之前，她已经听到了在温暖光环周围打转的脚步声，但今晚，在听到自己讲述那卑鄙又肮脏的故事后，她看到了所有这些东西的真实轮廓，还有在黑暗中像手电筒一样闪闪发光的黄色眼睛。

她已经买了舞会礼服，蓝色的，很漂亮。

"你说得对，"她讲完后，他说，"坏消息。听起来一点也不像你。"他的脸很严肃，她觉得心里一阵发凉。然后他笑了——他的笑很感染人，周围的黑暗退却了一点。

他说："有一次，我趁一个孩子被打晕的时候，踢了他的肋骨一脚。我跟你说过这件事吗？"

她摇摇头。

"这是真的，"他摸了一下鼻子，陷入回忆，脸颊微微抽搐了一下，就像他承认第一次带反了避孕套一样，"那个孩子叫丹尼·帕特里克。我们上六年级的时候，他有一次把我打得屁滚尿流。我恨他，但我也怕他。我一直都在等待机会。你知道那种感觉吗？"

她不知道，但还是点了点头。

"不管怎么说，大约一年以后，他终于惹了不该惹的人，皮特·泰伯。他是个小个子，但力大无比。丹尼因为一些小事要

---

① 1975 年《土豆花小姐》的主演。
② 妇女联盟的副主席。

找他的麻烦，可能是弹珠之类的吧，我不是很清楚，最后皮特把他打得屁滚尿流。那是在以前的肯尼迪初中的操场上，丹尼摔倒了，撞到头晕了过去。大家都吓跑了，我们以为他可能死了。我也跑了，但跑之前，我狠狠地踢了他的肋骨一脚。事后我感觉很糟糕。你要向她道歉吗？"

这个问题让苏措手不及，她只能无力地反问道："你道歉了吗？"

"什么？绝不可能！我有更重要的事情要做，而不是把时间浪费在歉疚上。但我们不一样，苏茜①。"

"是吗？"

"我们不再是七年级的学生了。况且我有我的理由，即使那理由很烂。但是那个差劲的蠢货又对你做过什么呢？"

她没有回答，因为她无法回答。她一生中跟嘉丽说的话还不到一百个词，这其中还包括今天的三十来个。从张伯伦初中毕业后，她们之间唯一的交集就是体育课了。嘉丽上的是商务类课程，而苏读的是大学预科。

她突然觉得自己很讨厌。

她发现自己无法忍受这样的自己，于是她故意曲解他的心意："你什么时候开始做这些重大的道德决定的？在你开始睡我之后吗？"

她看到他愉悦的表情消失了，心里很懊悔。

"我想我不应该多嘴。"他说着提上裤子。

"不是你，是我不该这么说，"她把手放在他的胳膊上，"我

---

① 苏茜是苏的昵称。

很羞愧，明白吗？"

"我知道，"他说，"但我不应该给你提建议。我不擅长做这些。"

"汤米，你讨厌这样……呃，受欢迎吗？"

"我？"听到这个问题，他脸上露出惊讶的神色，"你是说像打橄榄球、当班长之类的事吗？"

"是的。"

"不，我不讨厌这些事，这些无关紧要，高中并不是一个很重要的地方。当你要进高中的时候，你会认为这是一件大事，但毕业后，没人真的认为这有多了不起，除非他们灌多了啤酒。反正我哥哥和他的朋友都是这样的。"

这话并没有让她放松下来，反而增加了她的恐惧。埃文高中的小苏茜，头号甜心小姐。塑料保护膜包着的舞会裙子永远收藏在衣橱里。

浓重的夜幕笼罩在微有雾气的车窗上。

"我可能会在我爸的车场工作一辈子，"他说，"我会在星期五和星期六晚上去比利叔叔酒吧或者去骑士酒吧喝酒，谈论那个星期六下午的比赛，我接住了桑德斯的那个慢球，打败了多切斯特队；娶一个唠唠叨叨的婆娘，总是开着旧款汽车，投民主党的票……"

"别说了。"她说道，嘴里突然充满了甜蜜又苦涩的恐惧。她把他拉到身边。"爱我。今晚我不想想那么多了。爱我，爱我。"

于是他们又做爱了，而这一次不同了，这一次似乎终于游刃有余，不再是令人疲倦的机械摩擦，而是一种美妙的抚触，

让人神魂颠倒：他不得不停下来两次，气喘吁吁，向后退去，又挺进，

（他承认在和我做之前还是个处男要是他说不是我可能也会信）

坚硬地挺进去，她的呼吸变得急促起来，大口吸气，然后她叫了起来，紧紧抓着他的背，不能自已；汗水淋漓，嘴里的苦涩退去，似乎每个细胞都在叫嚣着它们到高潮了，身体如阳光晒过般舒服，脑海里响起美妙的音乐，先前的心慌意乱被抛诸脑后，锁进了思绪的牢笼。

后来，在回家路上，他正式问她是否愿意和他一起去参加春季舞会。她说她愿意。他问她是否已经决定了该怎么对待嘉丽。她说还没有。他说那没有关系，但她认为有关系。现在看来，那意味着天翻地覆。

摘自迪恩·D. L. 麦高芬著《意念移物：分析与后果》（刊登于《科学年刊》，1981 年）：

当然，现在仍然有一些科学家——很遗憾，以杜克大学的那帮人为首——他们拒绝承认嘉丽·怀特事件会造成巨大的潜在影响。就像弗拉特兰协会、玫瑰十字会或亚利桑那州的科利斯学派认为原子弹没有什么威力一样，这些不幸的人无视符合逻辑的推断，把头深深地埋进沙堆里——请原谅用这个比喻。

当然，我们能够理解科学会议上的惊愕、大声辩论、愤怒的信件和争论。意念移物概念本身对于科学

界来说就是难以下咽的苦药，更不用提恐怖电影对灵应盘、灵媒、灵桌和漂冠等的渲染；但是理解不能作为科学界不负责任的借口。

怀特事件的后果提出了一些严峻而棘手的问题，像地震一样撼动了我们对自然界如何作用和反作用的已有看法。即使是杰拉尔德·卢波内特这样著名的物理学家，在怀特委员会所提出的关键证据面前，仍坚持认为这整件事就是一场骗局，但我们能指责他们吗？如果嘉丽·怀特是真实的，那么怎么理解牛顿的理论呢？

嘉丽和妈妈坐在客厅里，听着韦伯科留声机（妈妈叫它"维克多拉"，心情好的时候叫它"维克"）里田纳西·厄尼·福特演唱的《让圣光闪耀》。嘉丽坐在缝纫机旁，双脚蹬着缝纫机，把袖子缝在一件新裙子上。妈妈则坐在石膏十字架下，织着小桌布，脚随着音乐的节奏打着节拍，这是她最喜欢的一首歌。写这首赞美诗和其他许多首赞美诗的 P. P. 布利斯先生是妈妈讲过的上帝在这世间广布恩泽的例证。他曾经是一个水手，一个罪人（在妈妈的字典里，这两个词是同义词），一个罪无可恕的亵渎者，当面取笑过万能上帝的人。后来，海上掀起了一场暴风雨，船只即将倾覆，布利斯先生仿佛看到了地狱在海底张着大嘴要吞噬他，刹那间他知晓了自己的罪孽，双膝一软，跪了下去。他向上帝祈祷，并许诺，如果上帝饶恕他，他便将余生献给上帝。于是，瞬间海面上风消雨歇。

天父仁慈的亮光

在灯塔里永恒闪耀

赠予我们

海岸沿线的灯光

布利斯先生所有的赞美诗都有一种海洋的风味。

她正在缝的裙子其实很漂亮，颜色是酒红色——是妈妈准许她使用的最接近红色的颜色，袖子做成泡泡袖。她努力把心思集中在缝纫上，可她还是走神了。

头顶上的灯发出的黄光强烈而刺眼，落了灰的绒面小沙发自然是没有人坐的（嘉丽从来没有邀请男孩子来家里坐过），对面的墙上有两道影子：钉在十字架上的耶稣，和他下面的妈妈。

学校给在洗衣房干活的妈妈打了电话，所以她中午就回家了。嘉丽看见她往家走来，肚子又开始抽搐。

妈妈身材高大，总是戴着一顶帽子。最近，她的腿开始浮肿，脚都快把鞋子撑破了。她穿着一件带黑色毛领的黑布外套。蓝色的眼睛在无框双光眼镜后显得很大。她总是背着一个黑色的大挎包，里面装着零钱包、皮夹（都是黑色的），一本很大的詹姆斯国王钦定版《圣经》（也是黑色的），封面上烫金印着她的名字，还有一堆用橡皮筋捆着的小册子。这些小册子大多是橙色的，上面字迹模糊。

嘉丽隐约知道，妈妈和爸爸拉尔夫曾是浸信会教徒，但后来他们认为浸信会为敌基督服务，就脱离了这一教派。从那时起，所有的礼拜就都在家里举行了。妈妈在星期日、星期二和星期五做礼拜，这些日子被称为圣日。妈妈是牧师，嘉丽是教众，仪式要持续两三个小时。

妈妈打开门，冷冷地走了进来。她和嘉丽像两个将要开火的枪手一样在前厅两头短暂对视了一会儿。这短暂的一瞬间

（恐惧妈妈眼里的真的是恐惧吗？）

后来回想起来似乎要漫长得多。

妈妈随手关上门。"你是女人了。"她轻声说。

嘉丽感到自己的脸扭作一团，却无法控制。"你为什么以前不告诉我？"她哭喊着，"哦妈妈，我真的好害怕！所有女生都取笑我，还朝我扔东西——"

妈妈正朝她走来，她的手突然敏捷地挥动；那只手很硬，因为常年洗衣长满了老茧，肌肉有力。她反手打在嘉丽的下巴上，嘉丽摔了出去，倒在门厅和客厅之间的走廊上，大声哭了起来。

"上帝用亚当的肋骨造了夏娃。"妈妈说。她的眼睛在无框眼镜后显得很大，看上去像荷包蛋似的；她用脚侧踢向嘉丽，嘉丽尖叫起来。"起来，女人。我们去屋里祈祷。为我们女人——软弱、邪恶、罪孽的灵魂——向耶稣祈祷。"

"妈妈——"

嘉丽哭得说不出话来。她的情绪彻底爆发出来，人都站不起来了，只能大声哭泣着爬进客厅，头发垂在脸上。妈妈不时地踢她几脚。就这样，她们在客厅里往前行进，朝着祭坛走去，那里曾经是一间小卧室。

"夏娃是软弱的——说，女人。说啊！"

"不，妈妈，请帮帮我——"

妈妈又一脚踢了过来。嘉丽叫了起来。

"夏娃是软弱的，她把渡鸦释放在这世间，"妈妈接着说，"这渡鸦的名字就叫罪，而第一宗罪就是性交。所以主用诅咒惩罚夏娃，这诅咒就是血咒。于是亚当和夏娃被赶出伊甸园，来到了人间。夏娃发现她的肚子变大了，她怀了孩子。"

又一脚踢在了嘉丽的屁股上，她的鼻子撞到了地板。她们进到摆放祭坛的房间。盖着绣花丝绸桌布的桌子上放着一个十字架，两边是白色的蜡烛，后面是几幅耶稣和他的使徒的涂色画。右边是最糟糕、最恐怖的地方——壁橱，它像一个山洞，吞噬了所有的希望和所有对上帝意志——还有妈妈意志——的抵抗。壁橱的门斜开着，在里面，一个一直亮着的可怕的蓝色灯泡下面，挂着德罗的画，画的是对乔纳森·爱德华兹那篇著名布道词的解读——"愤怒的上帝惩罚罪人"。

"还有第二诅咒，就是生育的诅咒。于是夏娃就在血汗中生下了该隐。"

嘉丽半跪半爬着，被妈妈拽到了祭坛前。她们都跪了下来，妈妈紧紧抓住嘉丽的手腕。

"生了该隐后，夏娃又生了亚伯，还是没有悔改与人性交的罪。于是主又降第三诅咒于夏娃。这诅咒就是凶杀。该隐用石头砸死了亚伯。但夏娃和她的女儿们仍不悔改。狡猾的蛇利用夏娃建立了一个充斥淫罪和瘟疫的王国。"

"妈妈！"她尖叫起来，"妈妈，你听我说！这不是我的错！"

"把头低下去，"妈妈说，"我们一起祈祷。"

"你应该告诉我的！"

妈妈把手按在嘉丽的脖子后面，胳膊上显出她十一年来抛接沉重的洗衣袋和搬运成堆的湿床单所练就的发达肌肉。嘉丽被妈妈推得头猛地一下向前冲，双眼凸出，额头撞在祭坛上，磕了一个红印子，烛光也随着抖了起来。

"我们来祈祷。"妈妈低声但坚定地说。

嘉丽边哭边抽着鼻子，低下了头。一股鼻涕在她鼻子前晃动，她用手背

（如果她每次让我在这里哭我都能得到五分钱就好了）

把它擦掉了。

"主啊，"妈妈仰起头，慷慨激昂地说道，"请帮助我身边这个有罪的女人看清自己生活和行事的罪过。告诉她，如果她一直都是无罪的，血的诅咒将永远不会降临到她身上。她可能犯了淫思之罪，她可能一直在听收音机里的摇滚乐，她可能受到了敌基督的诱惑。让她知道这是您仁慈的复仇之手的威力——"

"不！让我走！"

她挣扎着站起来，但妈妈的手如铁镣铐一样坚硬，无情地压迫着她又跪了下去。

"这是您给她的启示，如果她要免受地狱里烈火灼烧之痛，就必须从现在开始脱离歪道，步入正途和窄路。阿门。"

她那双被眼镜放大的眼睛里闪着光，看向女儿。"现在去壁橱里。"

"不！"她发觉自己的呼吸因恐惧而变得急促。

"去壁橱里。潜心祈祷，祈求主宽恕你的罪孽。"

"我没有罪，妈妈。你才有罪。是你没告诉我，他们才耻笑我的。"

她似乎又一次看到妈妈眼中一闪而过的恐惧，像夏日的闪电一样倏然而逝。妈妈开始强迫她走进那闪着蓝光的壁橱里。

"向上帝祈祷，或许可以洗掉你的罪孽。"

"妈妈，放开我。"

"祈祷，女人。"

"妈妈，我要让石头雨再次降临。"

妈妈停顿了一下。

有一刻仿佛她的呼吸也停止了。接着，她脖子上的那只手越掐越紧，直到嘉丽眼冒金星，神志恍惚。

妈妈那双放大的眼睛在她面前游移。

"你这个魔鬼，"她低声说，"为什么我要被如此诅咒？"

嘉丽混乱的大脑竭力想找到一种足够强烈的词来表达她的痛苦、羞愧、恐惧、仇恨和害怕。似乎她的一生都被浓缩到了这个悲惨、失败的叛逆点上了。她的眼睛鼓出，拼命张开的嘴里满是口水。

"你这个**混蛋**！"她尖叫道。

妈妈像只被烫伤的猫一样嘶嘶地叫着。"罪孽！"她叫喊着，"哦，罪孽！"她开始打嘉丽的背、脖子和脑袋。嘉丽被逼着爬向那闪着幽幽蓝光的壁橱。

"× 你妈的！"嘉丽尖叫着。

（哦是的是的说出口了不然她怎么会怀上你呢哦上帝哦好啊）

她被扔进壁橱里，头撞在另一边的墙上，一阵眩晕使她摔倒在地板上。门砰的一声关上了，然后被锁了。

她和妈妈愤怒的上帝单独待在一起。

幽蓝的光线照在那幅画上，画中留着胡须的巨大耶和华正把一群尖叫的人从云端扔进火之炼狱。在他们下方，恐怖的黑色人影在毁灭之火中痛苦挣扎，而恶魔正手持三叉戟，坐在一个巨大的火红色宝座上。他长着人的身体和豺狼的头，还有一条带刺的尾巴。

这次她不会再屈服。

但是当然最后她还是屈服了。这次她坚持了六个小时，之后就哭着叫妈妈开门让她出去，她快要被小便憋死了。恶魔张着它豺狼的嘴哂笑她，仿佛它猩红色的眼睛里知晓了女人流血的全部秘密。

嘉丽求饶一个小时之后，妈妈才放她出去。嘉丽疯狂地冲向洗手间。

直到现在，三个小时后，当她像个忏悔者一样低头坐在缝纫机前时，她才想起妈妈眼中的恐惧，她想她知道其中的原因。

妈妈以前也曾把她关在壁橱里，最长的时候关了一整天——有一回是因为她在舒伯廉价商店里偷了一枚四角九分钱的戒指，还有一回是妈妈发现了她藏在枕头底下闪电男孩鲍比·皮科特的照片；其中有一次嘉丽甚至因为饥饿和自己排泄物的味道而晕倒在壁橱里。但她从来没有，从没有像今天这样顶过嘴，甚至还说了脏话。可是几乎她一求饶，妈妈就放她出来了。

好了，衣服做好了。她把脚从踏板上移开，抬起头来看着衣服。它又长，又丑，令人讨厌。

她知道妈妈今天为什么放她出来。

"妈妈，我可以去睡觉了吗？"

"去吧。"妈妈没有抬头，仍缝着她的小桌垫。

她把衣服挽在胳膊上，低头看着缝纫机。突然缝纫机的脚踏板自己动了起来，针头开始上下跳动。针尖闪着光，带着线卷一下一下的旋转着，侧轮也转了起来。

妈妈抬起头，瞪大眼睛。小桌垫边上排好的原本精致平整的复杂图案，一下掉到地上乱成一团。

"只是在清线。"嘉丽轻声说。

"去睡觉。"妈妈说道，恐惧又回到了她的眼睛里。

"好的，

（她怕我会撞坏壁橱门上的铰链）

妈妈。"

（我想我能我想我能是的我想我能）

　　摘自《潜能爆发》第58页：

　　玛格丽特·怀特在莫顿镇出生、长大；莫顿镇与张伯伦镇挨着，面积不大，镇上的学生都要去张伯伦镇念初中和高中。她家境不错；父母在莫顿镇外经营一家名叫"欢乐旅店"的夜总会，生意很好。她父亲约翰·布里格姆在一九五九年夏天的一次酒吧枪击事件中丧生。

　　当时快三十岁的玛格丽特·布里格姆开始参加原教旨主义者祷告会。她母亲结识了一个男人（哈罗德·艾利森，后来嫁给了他），两人都想把玛格丽特赶出家门——因为她认为她的母亲朱迪思和哈罗德·艾利森生活在罪恶之中，而且经常公开谴责他们。朱迪思·布里格姆认为女儿一辈子都会是个老处女。即将成为她继父的那个人说的话更难听，"玛格丽特的脸就像油罐车的屁股，身材和脸也很配"。他还叫她"爱祈祷的小耶稣"。

玛格丽特一直拒绝离开家，直到一九六〇年，她在一次复兴会上遇到了拉尔夫·怀特。那年九月，她离开了莫顿镇上的布里格姆家，搬进了张伯伦中心的一间小公寓里。

玛格丽特·布里格姆和拉尔夫·怀特于一九六二年三月二十三日举办了婚礼，恋情修成正果。一九六二年四月三日，玛格丽特·怀特在威斯多佛医院住了一阵子。

"不，她不肯告诉我们她究竟怎么了，"哈罗德·艾利森说，"有一次我们去看她，她告诉我们，虽然我们结婚了，但我们还是犯了通奸罪，我们要下地狱。她说上帝在我们的额头上刻了隐形的印记，但她能看见。她就像是飞进鸡舍里的蝙蝠一样疯狂。她妈妈想好好待她，想知道她究竟怎么了。她却变得歇斯底里，开始胡言乱语，说有个拿剑的天使会走过旅馆的停车场杀死有罪的人。后来我们就走了。"

然而，朱迪思·艾莉森对女儿的情况至少有一种猜测，她认为玛格丽特是流产了。如果是这样的话，那这个孩子就是未婚先孕怀上的。如果这一点被证实，就可以揭示嘉丽母亲性格中的某些有趣现象。

在一九六二年八月十九日写给母亲的一封相当歇斯底里的长信中，玛格丽特说她和拉尔夫无罪，也没有受到"性交的诅咒"。她敦促哈罗德和朱迪思·艾利森关闭他们的"罪恶之家",并效仿她和拉尔夫。"这是,"玛格丽特在长信的最后写道,"你和那个男人能够避免即将到来的血雨腥风的维一(原文如此)①办法。拉尔夫和我,就像马利亚和约瑟一样,既不知道也不卸毒(原文如此)②彼此的肉体。如果有了什么问题,那就是神赐予的。"

当然,日历告诉我们,嘉丽是那年晚些时候怀上的……

周一上午,女孩们在安静地换衣服,准备上第一节体育课,她们没有像以往一样嬉闹尖叫,当德雅尔丹小姐砰的一声推开更衣室的门走进来时,她们也没有感到丝毫的惊讶。她的银色哨子在她小小的乳房间晃着,如果她身上的短裤就是她星期五穿的那条,那已经看不出嘉丽血手印的痕迹了。

女孩们继续闷闷不乐地穿着衣服,连看也不看她一眼。

"你们就是即将参加毕业典礼的那群人吗?"德雅尔丹小姐低声说,"还有多久?一个月?春季舞会不到一个月了。我敢打赌,你们大多数人已经选好了自己的舞伴和礼服。苏,你和汤米·罗斯一起去。海伦,你和罗伊·埃瓦茨一起。克莉丝,我想你可以随意挑选个舞伴,那个幸运的家伙是谁呢?"

"比利·诺兰。"克莉丝·哈根森闷闷不乐地说。

"哦,他多幸运啊!"德雅尔丹小姐说,"那你要送他一个什

---

① 原文用了"oney",故译成"维一",小说中的玛格丽特写错了字。
② 原文用了"polute",故译成"卸毒"。原因同上。下文中出现的类似情形不再加注说明。

么派对小礼物呢，克莉丝，一片血淋淋的高洁丝？或者用过的厕纸怎么样？我知道这些天你好像特别喜欢这些东西。"

克莉丝的脸瞬间就涨红了。"我要走了，我没必要听你说这些。"

整个周末，德雅尔丹都无法把嘉丽的样子从脑海中抹去。嘉丽尖叫着，哭喊着，一块湿卫生巾粘在她阴毛中间——还有她自己那厌恶、愤怒的反应。

现在，当克莉丝试图从她身边猛冲出去时，她突然伸出手，把她重重地推向门边一排有凹痕的橄榄色储物柜上。克莉丝难以置信地瞪大了眼睛。随后，狂怒的表情爬满了她的脸。

"你不能打我们！"她尖叫着，"你会被开除的！咱们走着瞧，你这个贱人！"

其他的女孩则畏缩着，大气不敢出地盯着地板。事情好像有些失控了。苏透过眼角的余光发现玛丽和唐娜·锡伯杜握紧了彼此的手。

"我不在乎，哈根森，"德雅尔丹说，"如果你——或者你们中的任何一个——认为我是在装样子，那你们就大错特错了。我要让你们知道上周五你们干了一件烂事，烂得跟屎一样。"

克莉丝·哈根森对着地板冷笑。其余的女孩都愁眉苦脸地四处张望，就是不敢看她们的体育老师。苏发现自己正往淋浴间里看——她们的犯罪现场，连忙迅速地把目光移开了。她们中从没有人听到过老师说脏话。

"你们有没有人想过嘉丽·怀特也是有感情的？你们停下来想过吗？苏，你想过吗？费恩呢？海伦？杰西卡？有人想过吗？你们每一个人都觉得她很丑，但你们才是最丑的，我在星期五早上看得一清二楚。"

克莉丝·哈根森嘀咕着她父亲是个律师。

"闭嘴！"德雅尔丹冲她喊道。克莉丝突然向后缩去，头一下子磕在了身后的储物柜上。她揉着头叫了起来。

"你再多说一句话，"德雅尔丹低声说，"我就把你扔到房间那头去，想试试吗？"

克莉丝显然认为她在和一个疯女人打交道，便保持了沉默。

德雅尔丹双手叉腰。"校方已经决定要惩罚你们。很遗憾，不是我希望的那种惩罚。要是我，我会让你们停课三天，并且不给你们舞会门票。"

几个女孩面面相觑，不高兴地嘀咕着。

"这会让你们得到真正的教训，"德雅尔丹继续说道，"但很不幸，学校管理层都是男人，他们并不清楚你们的所作所为究竟有多么下作。所以，一周时间里每天放学后你们留校。"

女孩们都不由自主地松了一口气。

"但是，你们留校的时间要来我这里。就在体育馆里，我会让你们跑到虚脱。"

"我不会来的。"克莉丝咬牙切齿地说道。

"随便你，克莉丝。随便你们来不来。但如果不来，那么惩罚将会是停课三天和不发舞会门票。明白了吗？"

一片沉默。

"很好。去换衣服吧。仔细想想我的话。"

她走了。

更衣室内沉寂了很长一段时间。然后克莉丝·哈根森厉声喊道：

"她不会得逞的！"她随便打开一扇门，拽出一双运动鞋使劲甩到房间的另一头。"我会让她知道我的厉害！妈的！可恶！你看我敢不敢！要是我们团结在一起，我们就可以——"

"闭嘴吧，克莉丝，"苏说，震惊于自己的声音竟像是一个死气沉沉的成年人发出来的，"闭嘴。"

"这事儿没完，"克莉丝·哈根森说着，气呼呼地一下拉开裙子的拉链，伸手去拿她那件时尚磨毛的绿色运动短裤，"离结束还早着呢。"

她说对了。

摘自《潜能爆发》第60—61页：

在我看来，许多研究过嘉丽·怀特事件的人——无论是为科学杂志还是为通俗报刊所做的研究——都放错了重点：徒劳地寻找嘉丽童年时期意念移物的具体事件。打个粗俗的比方，这就像是花费数年时间去研究强奸犯童年时期的手淫经历。

在这方面，石头雨事件所起的作用只是转移人们的注意力。许多研究者错误地认为，一件事只要发生过一次，就一定会再次发生类似事件。再打个比方，这就像派遣一队流星观察者去科雷特国家公园，就因为二百万年前曾有一颗巨大的小行星落在了那里。

据我所知，并没有其他有关嘉丽孩提时代意念移物事件的记录。如果嘉丽有兄弟姐妹，那我们至少可以听到一些其他类似事件的传闻。

在安德里亚·科林茨事件中（详见附录二），我们得知，安德里亚因为爬房顶挨揍之后，"医药箱突然自己打开，瓶瓶罐罐落了一地，就像是它们把自己随意地扔在浴室里，房间门'嘭、嘭、嘭'地开开关关，最吓人的是一个三百磅重的立体音响柜突然倒在地上，唱片在客厅里飞来飞去，像炸弹一样呼啸着向人们飞来，在墙上撞成碎片"。

值得注意的是，这份陈述出自安德里亚的一个兄弟，一九五五年九月四日的《生活》杂志引用了他的话。《生活》不是最具学术性的杂志，也不是最可靠的资料来源，但还有很多其他的文献佐证这件事，我认为这足够证明相熟亲友的证词具有一定的可靠性。

在嘉丽·怀特事件中，可能导致最后高潮事件爆发的其他相似事件的唯一见证人就是玛格丽特·怀特，可她，已经死了……

* * *

埃文中学的校长亨利·格雷尔等克莉丝·哈根森的父亲的拜访等了足足一个星期，但他直到周五才出现——就在前一天，克莉丝逃掉了可怕的德雅尔丹小姐的留校时间。

"什么事，费什小姐？"他很正式地对着对讲机说道，尽管他能透过窗户清楚地看到外面办公室里的那个人，而且根据报上刊登的照片一眼就认出了他。

"约翰·哈根森来见你，格雷尔先生。"

"请他进来。"该死的,费什,你有必要那么毕恭毕敬吗?

格雷尔遇到麻烦时,总是控制不住地要去掰弯回形针、撕餐巾纸或折纸角。为了要对付镇上重量级的法律界人士约翰·哈根森,他做好了充分的准备——把一整盒高品质回形针放在书桌的吸墨纸上。

哈根森身材高大,举止自信,面容沉稳,反应敏捷,这一切都让人印象深刻,也说明了他非常擅长玩"领先一步"的社交游戏。

他穿着定制的萨维尔·罗棕色西服套装,衣服纹理中隐约闪烁着绿色和金色丝线的光芒,这让格雷尔身上那套在当地买的成衣相形见绌。他的公文包是真皮的,很薄,不锈钢搭扣闪闪发光。他的微笑毫无破绽,露出套了牙冠的牙齿——这样的微笑让许多女陪审员的心像热锅里的黄油一样融化了。他的握手方式也训练有素——充满了坚定、热情和力量。

"格雷尔校长,我一直很期待见到您。"

"我总是很高兴接待您这样关心学校和孩子的家长,"格雷尔干笑着说,"这也是每年十月我们都举办家长开放日的原因。"

"当然,"哈根森笑了,"我想您一定是个大忙人,我呢,也得在四十五分钟后出庭。我们就言归正传吧?"

"没问题,"格雷尔把手伸进回形针盒子里,开始掰弄第一个,"我猜你来这里是为了你女儿克莉丝的纪律处分问题。你应该知道,学校在这件事上的态度很明确。作为一名法律工作者,你应该明白,通融几乎是不可能的——"

哈根森不耐烦地摆了摆手。"很显然你误会了,格雷尔校长。

我来这里是因为你们的体育老师丽塔·德雅尔丹小姐粗暴对待我女儿，恐怕还辱骂了她。我很确定德雅尔丹小姐用在我女儿身上的词是'屎'。"

格雷尔暗自叹了口气。"德雅尔丹小姐已经受到训斥了。"

约翰·哈根森的微笑瞬间冷了三十度。"仅仅训斥恐怕不够吧。我想这是这位年轻女士，嗯，第一年教书吧？"

"是的，但她完全胜任这份工作。"

"很明显，你对'胜任'的定义包括把学生推到储物柜上，还有像水手一样谩骂的本事？"

格雷尔反驳道："作为一名律师，你肯定知道本州赋予学校'代理父母'的权利——学校承担了父母的全部责任，学生在校期间我们充分行使父母权利。如果你不了解，我建议你查阅一下默侬杜克联合学区诉科伦普尔一案的卷宗或者——"

"我很了解这个概念，"哈根森说，"我也知道，无论是你们校方酷爱引用的科伦普尔一案，还是弗里克一案，都不涉及任何与人身或言语虐待有关的内容。但是，还有个第四学区诉大卫一案，你了解吗？"

格雷尔很了解这个案子。乔治·克雷默是第四学区联合高中的副校长。他们以前是牌友，但乔治现在不怎么玩扑克了。他亲自动手剪掉了一个学生的头发。后来，他去了一家保险公司工作。最后学区支付了七千美元的赔偿金，差不多每绺头发一千美元。

格雷尔开始掰弄第二个回形针。

"格雷尔校长，我们都别再引经据典了。我们都很忙，我不想搞得大家不愉快，也不想把事情弄得一团糟。我女儿今天在家，下周一和周二也都会在家。就把这当作她停课三天的惩罚吧，就这样吧。"说完又不屑一顾地挥了挥手。

（抓住它飞多①好样的这根骨头很棒呢）

"我的条件是，"哈根森继续说，"第一，给我女儿舞会门票。对一个女孩来说，高中毕业舞会是很重要的，克莉丝很沮丧。二，不和德雅尔丹那个女人续约。这是我个人的要求。我相信，只要我愿意把学校告上法庭，我就可以让她被开除，还可以得到一大笔赔偿金。但我不想睚眦必报。"

"所以要是我不同意你的要求，我们就得上法庭了？"

"我知道在那之前，学校委员会得举行一个听证会，但那不过是走过场。是的，我们终将对簿公堂。那对你没什么好处。"

又一个回形针。

"因为肉体和语言上的虐待，是吗？"

"差不多是这样。"

"哈根森先生，你知不知道你的女儿伙同十多个学生向一个第一次来月经的女孩扔卫生巾？一个以为自己会流血而死的女孩？"

哈根森微微皱了皱眉头，好像有人在远处的房间里跟他说话似的。"我不认为这种指控和我们的讨论相关，我说的是这之后的行为——"

"那都不重要，"格雷尔说，"别去管你说了什么。她们把这个名叫嘉丽塔·怀特的女孩叫作蠢蛋，叫嚣着让她'把它堵上'，还对她做着各种下流手势。她这个星期根本没来上学。这

---

① 飞多，意大利的一条狗，以忠于主人而闻名。

听起来像是肉体和语言上的虐待吗？我认为是。"

"我不打算……"哈根森说，"坐在这儿听一堆半真半假的话，或者听你那标准的校长训导。格雷尔校长，我很了解我的女儿——"

"看看这些，"格雷尔把手伸进吸墨纸旁边的金属框里，把一叠粉红色的卡片扔到桌子对面，"我很怀疑你是否如你所想地了解你女儿。看看这些卡片上的记录吧，你要是了解的话，那你就知道该好好教训她一顿了。你要是再不管教她，她就会严重伤害别人了。"

"你不是——"

"你女儿在埃文高中学习四年，"格雷尔的声音压过了他的，"将于一九七九年六月毕业；就是下个月。智商测试一百四十分。平均成绩八十三分。但是，我看到她已经被欧柏林大学录取了。我猜有人——可能是你，哈根森先生——在暗中走了关系。七十四次放学留校。我得补充一句，其中有二十次是因为欺负不合群的学生。多余的人，我知道克莉丝的小团体叫她们傀儡娃娃，她们觉得这很好笑。她逃了其中五十一次放学留校。在张伯伦初中的时候，她有一次因为把一枚鞭炮放到一个女孩子的鞋子里而被停课。卡片上记录着，一个叫厄玛·斯沃普的小女孩差点儿因为这个小恶作剧而失去两个脚趾。我知道那个叫斯沃普的女孩是兔唇。我说的就是你**女儿**，哈根森先生。这些能否说明问题呢？"

"是的。"哈根森说着站了起来。他的脸上因愤怒而微微泛起红晕。"这说明我们要在法庭上见。等这事完了，你要是能找到一份挨家挨户卖百科全书的工作，就算你走运。"

格雷尔也生气地站了起来，两个人隔着桌子对峙。

"那就法庭上见吧！"格雷尔说。

他注意到哈根森脸上闪过一丝惊讶的表情，于是开始了下一段话，他祈求自己能够走运，可以一下子击溃对手——或者至少取得技术性的胜利，这样可以保住德雅尔丹的工作，挫挫这个自以为是的混蛋的傲气。

"哈根森先生，你显然还没有意识到代理父母在这件事中的意义。这把伞既护佑着你女儿，也护佑着嘉丽·怀特。一旦你以身体和语言虐待为由提出赔偿要求，我们就会以同样的理由替嘉丽·怀特向你女儿提出赔偿要求。"

哈根森张大了嘴，然后又闭上了。"你休想用这种卑鄙的手段逃脱惩罚，你这个——？"

"讼棍，你是想说这个吗？"格雷尔冷笑着，"哈根森先生，你应该认识出去的路。对你女儿的处罚仍然有效。如果你想把事情搞大，悉听尊便。"

哈根森僵硬地走出房间，停顿了一下，好像要补充什么，但什么都没说就走了。他差点儿没有克制住摔门的冲动。

格雷尔松了一口气，不难理解为什么克莉丝·哈根森的性格这么自以为是、任性顽固了。

莫顿随后就进来了。"怎么样？"

"到时候就知道了，莫蒂，"格雷尔说，他苦笑着看向那堆掰弯的回形针，"不管怎么说，我为他掰弯了七个回形针，也算是一项纪录了。"

"他会把它当作民事纠纷处理吗？"

"不知道。当我说我们要反诉时，他犹豫了。"

"我就知道会这样，"莫顿瞥了一眼格雷尔桌上的电话，"我们是不是该向督学汇报这件糟心事了？"

"是的，"格雷尔拿起电话说，"谢天谢地，还好我的失业保险金已经付了。"

"我也是。"莫顿忠心耿耿地说。

摘自《潜能爆发》附录三：

嘉丽塔·怀特七年级的诗歌作业中交了下面这首短诗。埃德温·金先生是嘉丽七年级的英语老师，他说："我不知道为什么我保存着这首诗。在我心里她算不上一名优秀学生，这首诗也不突出。她总是很安静，在我记忆里，她课堂上从没举过手。但这首诗里，似乎有什么东西在呐喊。"

耶稣在墙上看着，
但他的脸冰冷如石，
如果他爱我
正如她告诉我的那样
为何我总是如此孤独？

写这首小诗的纸的四周，画着许多十字花纹，像在翩翩起舞……

汤米周一下午有棒球训练，所以苏在镇中心的凯利水果店等他。

自从治安官多伊尔在一次大规模缉毒行动后关闭了娱乐中心，在张伯伦零散的社区里，凯利水果店成了高中生们消磨时光的地方。这家店的老板名叫休伯特·凯利，他是一个整日郁郁寡欢的胖子；头发染成了黑色，一天到晚抱怨他的电子起搏器快要把他电死了。

这个地方是一个杂货铺、冷饮柜台和加油站的混合体——加油站前面有一个生锈的珍妮牌加油泵；收购加油站的时候，休比也没有想过换一个新泵。这里也卖啤酒、廉价葡萄酒、小黄书，以及各种杂牌香烟，比如穆拉茨牌、萨诺王牌，还有漫威直牌。

冷饮柜台的台面是用一块真正的大理石做成的，往里走有四五个卡座，供那些不幸的或朋友少得可怜而没有地方可以去酩酊大醉或抽大麻的孩子坐。那台第三个球总是打歪的老式弹球机，在搁着小黄书的书架旁一闪一闪地亮着。

苏走进去时，一眼就看见了克莉丝·哈根森坐在里面的一个卡座里。比利·诺兰，她目前的男朋友，正在翻阅杂志架上最新一期的《流行机械》。苏不知道像克莉丝这样有钱又受欢迎的女孩看中了诺兰什么，他看上去很奇怪，就像是从本世纪五十年代穿越而来的时间旅行者，油光锃亮的头发，穿着拉链上镶有宝石的黑色皮夹克，开着一辆破得叮当响的雪佛兰汽车。

"苏！"克莉丝欢呼道，"上这儿来！"

苏点点头，尽管厌恶之情像一条纸蛇一样从她喉咙里涌起，她还是举起一只手挥了一下。每次看到克莉丝，苏就好像看到了那扇斜开的门里，嘉丽·怀特蹲在那里，双手捂着头。很自然地，她发现自己的虚伪（从挥手和点头中就可以看出来了）

令人费解，也很讨厌。为什么她做不到不去理睬她呢？

"一杯十美分的根汁汽水。"她跟休比说。休比这儿有纯正的生根汁汽水；他把它装在上世纪九十年代的那种大磨砂杯里。她一直期待着一边看小说一边等汤米的时候，慢慢地喝完一大杯——尽管她会脸色通红，她还是很想喝。但她一点都不惊讶今天自己居然对它完全提不起兴趣。

"你的心脏还好吗，休比？"她问道。

"你们这些孩子，"休比说着，用餐刀撇去汽水上的泡沫，然后把杯子灌满，"你们什么都不懂。今天早上我把电动剃须刀插上电源，起搏器上就过了一百一十伏的电压。你们这些孩子根本不知道那是什么感觉，是不是？"

"是的。"

"但愿上帝保佑你们永远不会知道。我这破心脏还能再撑多久呢？等我买了农场，那群重建市区的蠢货把这里变为停车场之后，你们就会知道了。十美分。"

她把十美分在大理石柜台上推过去。

"我那些老血管里有五千万伏的电压。"休比看着胸前口袋处鼓起来的地方，阴郁地说道。

苏走过去，小心翼翼地挤到克莉丝对面的空位上。她今天看起来格外漂亮，一头乌黑的秀发用一条三叶草绿色的发带挽着，一件紧身的巴斯克衬衫衬托得她的胸型格外挺拔。

"你还好吗，克莉丝？"

"我他妈的好得很，"克莉丝的神情有些过于轻松了，"你听到最新消息了吗？我不能参加舞会了。不过，我敢打赌，格雷尔那个混蛋肯定会被炒。"

苏已经知道了，埃文高中里人尽皆知了。

"爸爸要起诉他们。"克莉丝接着说，她转头看向她身后。

"比利——！过来跟苏打个招呼。"

比利放下杂志，慢悠悠地走了过来，大拇指钩在加里森腰带上，皮带扣在腰的侧面，其他手指则奋拉在因穿着紧身李维斯牛仔裤而鼓囊囊的裆部。苏觉得眼前好像出现了幻觉，她极力压制住了自己想把手放在脸上疯狂傻笑的冲动。

"嗨，苏茜。"比利说。他滑进克莉丝身边的座位，马上就开始摩挲起她的肩膀。他面无表情，就好像在辨别一块牛肉的优劣。

"我想我们无论如何都要搞砸这个舞会，"克莉丝说，"就当作抗议什么。"

"真的吗？"苏被惊到了。

"不，"克莉丝放弃了这个念头，"我不知道。"她突然又狂怒了起来，怒气像龙卷风一样说来就来，令人诧异。"都是那个该死的嘉丽·怀特！我真希望她能把她那该死的礼拜仪式塞进屁股里去！"

"会过去的。"苏说。

"要是你们其余的人都跟我一起罢课就好了……天哪，苏，你们为什么不这样做呢？这样我们就可以拿住他们了。我从没想到你会成为学校的傀儡。"

苏感到她的脸像火烧了起来。"我不知道别人怎么样，但我不是任何人的傀儡。我接受了惩罚，因为我认为这是我活该。我们的确做了件蠢事，就是这样。"

"放屁。嘉丽那个贱人到处乱说，除了她和她那光辉圣洁的妈妈，所有人都要下地狱，你还替她说话？我们就应该把那些破布塞到她的嘴里。”

"当然啦，是那么回事。回头见，克莉丝。"她从卡座里冲了出来。

这回是克莉丝的脸涨红了；血一下子涌上了她的脸，仿佛一朵红云遮住了太阳。

"你不会打算在这儿当圣女贞德吧？我好像记得你也跟我们一起往她身上扔卫生巾了。"

"是的，"苏颤抖着说，"但我后来停下了。"

"哦，你好崇高呀！"克莉丝希惊叹道，"噢，你就是。拿走你的根汁汽水。我怕碰了它，我也会变得光辉圣洁。"

她没有拿，转过身，跌跌撞撞地走了出来，心里非常难受，是那种哭不出来也气不起来的难受。她一直都与人为善，这是她从小学揪人辫子之后，第一次和别人起肢体或语言上的冲突，这也是她有生以来第一次如此坚持某个原则。

当然，克莉丝说得很对，她一语击中了她的软肋：她确实是个伪君子，她无法回避这一点。在内心深处，她十分厌恶自己的一点是，她清楚地知道自己为什么会去德雅尔丹小姐的留校课，在健身房气喘吁吁地做体操和罚跑并不是出于什么高尚的原因。她绝不想因为任何事情而错过她人生中最后一个春季舞会。绝不。

汤米还是没有出现。

她开始朝学校走去，她的胃有点不舒服。女生联谊会小姐。小甜心苏茜。一个只和她要嫁的男孩做那事的好姑娘——当然，周日的报纸副刊会报道他们的婚礼。生两个孩子。他们要胆敢做个诚实的人，就把他们打个屁滚尿流：任性散漫，胆敢反抗，或者每次有人喊"青蛙"的时候，拒绝配合地发笑。

春季舞会。蓝色礼服。整个下午都放在冰箱里的胸花。汤米穿着白色的晚礼服，系着宽腰带，还有黑色的裤子和鞋子。在客厅的沙发上摆好姿势，父母用柯达和宝丽来相机尽情拍摄。绉纸包裹着光秃秃的体育馆房梁。两支乐队：一支摇滚乐队，一支轻音乐乐队。没有多余的人来参加。傀儡娃娃，离远一点儿。只有那些有抱负的乡村俱乐部成员和克莱恩·科纳斯未来的居民受欢迎。

眼泪终于掉了下来，她跑了起来。

摘自《潜能爆发》第60页：

以下节选自克莉丝·哈根森写给唐娜·凯洛格的一封信。这位名叫凯洛格的女孩于一九七八年秋天从张伯伦镇搬到了罗得岛州的普罗维登斯。显然她是克莉丝·哈根森为数不多的密友和知己之一。信封上的邮戳显示这封信于一九七九年五月十七日寄出：

"所以，我不能去参加舞会了，我那个胆小如鼠的爸爸说，他没办法让他们得到教训。但事情不会就这么算了。我现在还不知道我要做什么，但我保证我会让他们每个人都他妈的大吃一惊……"

今天是十七日。五月十七日。她回到房间，一套上白色的长睡衣，就把日历上的这一天划掉了。每过完一天，她就用一支沉重的黑色毡尖钢笔把它划掉；她知道这种生活态度很不好，但她不在乎。她唯一真正在乎的是妈妈要她明天回学校上课，她必须要去面对**她们**所有人。

她在窗边那张波士顿小摇椅上坐了下来（那是她自己花钱买来的），闭上眼睛，把她们那些人和所有纷乱的思绪从脑海中清除出去，就像扫地那样。掀开你潜意识的地毯，把所有的灰尘扫到下面去。再见。

她睁开眼睛，看着梳妆台上的梳子。

发力。

她正用潜意识拿起那把梳子。它很沉。就像是用非常虚弱的手臂举起一个杠铃。哦。咚。

梳子滑到了梳妆台的边缘，重力原本就要让它掉落了，但它并没有掉下来，而是悬荡在那里，就像有一根无形的绳子在牵着它。嘉丽的眼睛眯成了一条缝。太阳穴处的血管突突直跳。医生可能会对她那一刻极为反常的身体状况感兴趣。呼吸降到每分钟十六次，血压却高达 190/100，心跳达到一百四十次——比宇航员在重力压迫下升空还要高；体温降至华氏 94.3 度 ①。她的身体正消耗着巨大的能量，但这能量既不知来处，也不知去向。用脑电图看的话就会发现，阿尔法波不再是波状，而是巨大的齿样尖峰状。

她小心翼翼地让梳子放平。很好。昨晚她把它弄掉在地上了。扣完了所有的分数，坐牢去吧 ②。

她又闭上眼睛，摇起了摇椅。身体机能开始恢复正常；呼

---

① 相当于 34.6 摄氏度。

② 这是一个游戏。

吸加快到她几乎喘不过气来。摇椅发出轻轻的吱呀声。不过，她并不觉得这声音烦人，反而觉得很安心。摇啊，摇啊。放空一切。

"嘉丽？"她母亲的声音里带着不安，飘了进来。

（她受到了干扰就像是打开搅拌机的时候收音机的声音会受到干扰那样很好）

"你做祷告了吗，嘉丽？"

"我正在做。"她回道。

是的。她正在做。说得没错。

她看着她小小的单人床。

发力。

床很沉。她有点撑不住。

床抖了一下，然后床脚抬高了大约三英寸①。

它砰的一声掉了下来。她嘴角挂着一丝微笑，等着妈妈生气地冲上来，但她没有。于是她站起来，爬上床，钻进冰凉的被窝里。她头痛欲裂，还有点晕，每次做完练习后，她都有这种感觉。心跳得厉害，很吓人。

她伸手关了灯，躺了下来。没有枕头。妈妈不让她用枕头。

她想到了恶魔、小鬼和女巫

（我是女巫吗妈妈是魔鬼的情人吗？）

在暗夜出动，让牛奶变酸，弄倒黄油搅拌器，让庄稼枯萎。他们都缩在屋子里瑟瑟发抖，门上刻着各种巫符。

她闭上眼睛，睡着了，梦见巨大的活石在夜里坠落，寻找

---

① 相当于 7.62 厘米。

妈妈，寻找他们。他们想要逃跑，想要躲起来。但磐石不会让他们躲藏；枯树下也没有藏身之处。

摘自苏珊·斯涅尔所著的《我的名字叫苏珊·斯涅尔》（纽约：西蒙与舒斯特出版社，1986年）第1—4页：

舞会之夜张伯伦镇所发生的事件中，有一件事始终无人明白。媒体不明白，杜克大学的科学家们不明白，甚至大卫·康格列斯也不明白——尽管他的《潜能爆发》可能是唯一一本还算像样的研究这一事件的著作。当然，把我当作现成的替罪羊的怀特委员会也不明白。

这就是，一个最基本的事实：我们都还是孩子。

嘉丽十七岁，克莉丝·哈根森十七岁，我十七岁，汤米·罗斯十八岁，比利·诺兰（比利·诺兰九年级复读了一年，大概那个时候他还没有学会考试作弊）十九岁……

比起小一点儿的孩子来说，年龄大一点儿的孩子做事更得体，但是他们仍然会做出不明智的决定，反应过度，或者低估事情的严重性。

在前言之后的第一部分中，我会尽可能地表明我自己的这些倾向。然而，我要讨论的问题涉及我在舞会之夜中扮演的角色，如果我要洗刷罪名，我必须得先回忆起那些令我十分痛苦的场景……

我讲述过这个事件，众所周知的一次是在怀特委员会面前，但他们对我的话持怀疑态度。在二百人死亡和整个城镇被毁的事实面前，我们很容易忘记一件事：我们还是孩子。我们都是孩子，想要努力做到最好的孩子。

"你疯了吧！"

他向她眨了眨眼，简直不敢相信自己的耳朵。他们在他家里，电视机开着，但没人理它。他母亲去街对面的克莱因太太家做客了。父亲正在地下室里做一个鸟窝。

苏看上去有些不自在，但很坚决。"我就是想这样，汤米。"

"但我不想。这是我听过最他妈疯狂的事，就像是和人打赌才会做的事。"

她的脸绷紧了。"哦？我以为你是那天晚上那个占据道德高地的人呢。可是真要付诸行动了，你却——"

"等等，喂，"他并没有生气，只是咧嘴一笑，"我也没说不行啊，还没有说，是不是？"

"你——"

"等一下，就等一下。让我先说完。你想让我邀请嘉丽·怀特参加春季舞会。好的，我明白了。但有几件事我不明白。"

"说吧。"她的身体向前倾了倾。

"首先，这样做有什么好处？第二，你凭什么认为我邀请她，她就会答应？"

"她不答应？！不可能——"她有些语无伦次，"你……大家都喜欢你，而且——"

"我们都知道，嘉丽没理由要去喜欢一个人人都喜欢的人。"

"她会和你一起去的。"

"为什么？"

被追问时，她看上去既傲慢又自豪。"我看到她看你的样子了。她被你迷住了，就像埃文高中一大半女孩子那样。"

他翻了翻眼睛。

"好吧，我只是告诉你，"苏辩解道，"她不会拒绝你的。"

"就算我相信你，"他说，"那另一点呢？"

"你是说这样做有什么用？因为……当然，这会让她不再缩在自己的保护壳里。让她……"她语塞了。

"合群？得了吧，阿苏。你自己都不相信这些屁话。"

"好吧，"她说，"也许我不信。但我觉得或许我可以做点什么，弥补一下。"

"为了浴室里的事？"

"远不止这件事。如果只有这件事，我也就算了。但从小学到现在，那些低劣的把戏就一直在上演。我没有都参与进去，但我参与了一些。如果我和嘉丽是一个组的，我肯定会参与更多。当时觉得这就是开个玩笑。在这种事情上，女孩子们会很刻薄，你们男孩是不会懂的。男孩们会逗嘉丽一会儿，然后就忘了，但是女孩们……她们会一直继续下去，我甚至都不记得它是什么时候开始的了。我要是嘉丽，我都要不敢面对这个世界了，我会找块大石头躲在下面。"

"你们那时候都还是孩子，"他说，"孩子不知道自己在做什么。孩子甚至不知道自己的行为真的会伤害别人。他们没有共情力，明白吗？"

她发现自己想极力表达由此而引发的想法，可以用来解释浴室事件的本质，就像笼罩着大山的天空一样。

"但几乎从没有人发现他们的行为真的、实实在在地伤害了别人！人们没有变得更好，他们只是变得更聪明而已。当你变得更聪明时，并不会不去揪下苍蝇的翅膀，而是会为自己的行为找到更好的理由。很多孩子说他们为嘉丽·怀特感到难过——大部分是女孩，那很可笑——但我打赌他们中没有一个人能够理解嘉丽·怀特每天、每时、每刻的感受，并且他们也根本不在乎。"

"那你呢？"

"我不知道！"她喊道，"但应该要有人去试着用某种郑重的方式道歉……有意义的方式。"

"好吧。我会去问她的。"

"真的吗？"她有些惊讶。她没有想到他真的会同意这么做。

"是的。但我想她不会同意的。你太高估我的票房号召力了。所谓'人见人爱'的说法简直是胡扯。你想多了。"

"谢谢你。"她说。这听起来很奇怪，就好像她在感谢一个对她施以酷刑的审问者。

"我爱你。"他说。

她吃惊地看着他，这是他第一次对她说这句话。

摘自《我的名字叫苏珊·斯涅尔》第 6 页：

有很多人——大多数是男人——对我让汤米带嘉丽去参加春季舞会并不感到惊讶。但他们却震惊于他真的这样做了，这表明男性对于其他同性的利他行为的期望值很低。

汤米答应带她去，是因为他爱我，而这是我想要的。对此持怀疑态度的人可能会问：你是怎么知道他爱你的？因为他告诉过我，先生。如果你了解他，那对你来说只这一句话也就够了……

周四午饭后，他问了嘉丽。他发现自己紧张得就像个第一次参加冰激凌派对的孩子。

在第五节自习课上，她坐的位置离他有四排远；下课时，他挤过匆匆的人群去找她说话。斯蒂芬先生还在讲台旁，他个子很高，身材开始发福，正心不在焉地把一些试卷折起放进他的旧棕色公文包里。

"嘉丽？"

"啊？"

她从书本上抬起头来，吓了一跳，好像有人要打她似的。天色有些阴沉，天花板上的日光灯照得她本就苍白的脸色更差劲了。但这是他第一次注意到（因为这是他第一次正眼看她）她一点也不令人生厌。她的脸圆圆的，而不是椭圆形的，眼睛那么黑，像是在她眼下投下了淤青般的阴影。一头深棕色的秀发，发质硬挺，在脑后绾成一个发髻，但这发型并不适合她。嘴唇丰满，还有些肉感，牙齿也是自然的白色。她的身材看不清楚，一件宽松的毛衣遮住了她的胸部，只有微微的隆起。裙子色彩鲜艳，但不好看：还是一九五八年那种垂到小腿的样式，却做成了 A 字裙，样子奇怪又笨拙。她的小腿浑圆健壮（用紫色及膝袜来遮掩它们，真是奇怪的打扮，但显然并没有成功），腿型优美。

她抬起头来，脸上的表情有点害怕，还有点别的什么。他一下就知道了那些表情是什么。苏是对的，她喜欢他。一时间他突然想这么做究竟是一件好事，还是会让事情更糟。

"如果你还没有舞伴的话，你愿意和我一起去春季舞会吗？"

她眨了眨眼，就在眨眼的时候，一件怪事发生了。可能就只有一瞬间，但事后他毫不费力地就能想起来那种感觉，就像是在做梦或"似曾相识"的感觉。他感到头晕，就好像他的思想没办法控制自己的身体——那种痛苦、失控的感觉就像饮酒过量将要呕吐一样。

很快这种感觉就消失了。

"什么？什么？"

至少她没有生气。他原以为她会一下子暴怒，然后彻底拒绝他。但她没有生气；她似乎根本没听懂他说的话。现在只有他俩在自习室里，前一节课的学生刚走，后一节课的还没来。

"春季舞会，"他有点动摇，"就在下周五，我知道这个邀请有点晚了，但是——"

"我不喜欢被耍。"她轻轻地说着，低下了头。她犹豫了一下，然后从他身边走开。她停了下来，转过身，他突然看到了她身上的尊严，它是如此的自然，以至于他怀疑她自己是否知道它的存在。"你们这些人认为你们可以永远耍我吗？我知道你在和谁交往。"

"我不和我不喜欢的人交往，"汤米耐心地说，"我问你也只是因为我想问你。"在心底，他知道他说的是事实。如果说苏摆出了一副赎罪的姿态，她所做的也只不过是间接的赎罪。

这时，上第六节课的学生走了进来，一些人向他们投来好奇的目光。戴尔·厄尔曼对着汤米不认识的一个男孩说了些什么，两人窃笑起来。

"走吧。"汤米说。他们走出教室。

他们走在去第四教学区的路上——他的教室在另一个方向——他们一起走着，外人看来会觉得也许只是凑巧，她的声音小到几乎听不见："我愿意去。很想去。"

他敏锐地意识到这并不是接受，于是他又疑虑了起来。尽管如此，总算有了一些希望。"那就去吧。没事的。我俩都不会有事的。我们能做到。"

"不，"她说，突然的忧郁让她有一种特别的美，"那会是一场噩梦。"

"我没有票，"他说，就像没听到她的话一样，"今天是售票的最后一天了。"

"嘿，汤米，你走错路了！"布伦特·吉利安喊道。

她停了下来。"你要迟到了。"

"你会去吗？"

"你的课，"她心烦意乱地说，"你要上课啦。铃要响了。"

"你会去吗？"

"是的，"她生气又无助地说，"你知道我会的。"她用手背抹了抹眼睛。

"我不知道，"他说，"但现在我知道了。我七点半来接你。"

"好的，"她低声说，"谢谢你。"她看上去就要晕过去了。

然后，惴惴不安地，他碰了碰她的手。

摘自《潜能爆发》第 74—76 页：

也许在嘉丽·怀特事件中，被误解的最深、受批评最多、最具神秘色彩的就是倒霉的托马斯·埃弗雷特·罗斯① 所扮演的角色了，他是嘉丽参加埃文高中春季舞会的舞伴。

莫顿·克拉茨巴肯去年在全国超自然现象学术会议上做了一个发言，这个发言后来被大肆宣传而广为人知。他说，二十世纪最令人震惊的两大事件是一九六三年约翰·F.肯尼迪总统遇刺和一九七九年五月缅因州张伯伦镇的毁灭。克拉茨巴肯指出，这两件事都因大众传媒而家喻户晓，而且这两件事几乎都揭示了一个可怕的事实，即有些事情看似已然结束，但与此同时其他的一些事情已经不可挽回地开始了，一切前途未卜。如果可以进行比较的话，那么托马斯·罗斯在嘉丽·怀特事件中所扮演的就是李·哈维·奥斯瓦尔德② 的角色——灾难触发者。悬而未决的问题是，他这样做究竟是有意的还是无意的？

苏珊·斯涅尔自己也承认，本来她会在罗斯的陪伴下参加这一年度盛典。她说是她建议罗斯去邀请嘉丽参加舞会的，以弥补她在浴室事件中对她的伤害。以哈佛大学的乔治·杰罗姆为首的人十分反对这种说法。他们宣称，这要么是高度浪漫主义的歪曲事实，

---

① 汤米的全名。
② 刺杀肯尼迪总统的人。

要么就是彻头彻尾的谎言。杰罗姆雄辩有力地争论道，高中阶段的青少年很少会觉得他们必须为一些事情"赎罪"——更不用提因为自己欺负了被现有小团体所排斥的学生而"赎罪"。

杰罗姆在最新一期的《大西洋月刊》上写道："如果我们相信，青少年的本性能够以这样的姿态去挽救一只社会等级较低的鸟的自尊和自我形象，那将是令人振奋的。但我们很清楚，它的同类不会温柔地把它从尘土中扶起；相反，它们会立刻绝情地把它赶走。"

当然，杰罗姆的看法是绝对正确的——至少对鸟类而言——他的雄辩毫无疑问在很大程度上促进了"恶作剧者"理论的发展，怀特委员会遵循了这一假设进行调查，尽管他们并未进行公开说明。这个理论假设罗斯和克莉丝汀·哈根森（参见第10—18页）是一个粗略的阴谋的中心人物，目的是让嘉丽·怀特参加春季舞会，然后在那里狠狠羞辱她。一些理论家（主要是犯罪作家）也判定苏·斯涅尔积极参与了这一阴谋。这让神秘的罗斯先生陷入了最糟糕的境地，他被看作一个恶作剧者，故意让一个情绪不稳的女孩陷入极端压力的环境中。

本文作者认为就罗斯先生的性格而言，这是不可能的。他的性格是其批评者尚未触及的一个方面：他们把他描绘成一个四肢发达、头脑简单、对小团体唯命是从的人；"傻大个儿"完美地表达了对汤米·罗斯的这种看法。

罗斯确实是一个能力出众的运动员。他最擅长的运动是棒球，从二年级开始他就是埃文校队的一员。波士顿红袜队的总经理迪克·奥康奈尔曾表示，如果罗斯还活着，他会把他签下来，而且会有一笔可观的奖金。

但罗斯还是个全 A 优等生（一点都不符合"头脑简单"的形象）。他的父母说，他决定大学毕业后再去打职业棒球；他打算在大学里攻读英语学位。他爱好写诗；在他去世前六个月，他写的一首诗发表在著名的"小杂志"《爱弗离》上。这首诗收录在本书附录五。

他那些幸存的同学对他评价也很高，这一点很重要。大众媒体所谓的舞会之夜事件中，仅有 12 名幸存者。那些没有出席的人大部分都是些不受欢迎的低年级和毕业班学生。如果这些"不怎么样的家伙"认为罗斯是一个友好、和善的人（许多人都说他是个十足的"好人"），那么杰罗姆教授论文的说服力不也会因此而打折吗？

罗斯的学校记录——根据州法律，它无法影印进本书中——再加上同学的回忆，亲戚、邻居和老师的评价，构成了一个优秀青年的形象。这与杰罗姆教授所描绘的受同学崇拜、赖皮的混混罗斯大相径庭。很明显，他对言语攻击有很强的忍耐力，并且能够摆脱同学的固有偏见而首先邀请嘉丽。事实上，在他的同学里，托马斯·罗斯这样的人很罕见：他是一个有社会意识的年轻人。

这里不是要把他捧为圣人，也不会把他捧为圣人。
但深入研究使我确信他有自己独立的思想，不会人云
亦云地加入对无助女生的盲目迫害中去……

她躺在

（我不怕我不怕她）

床上，一只胳膊搭在眼睛上。这是星期六晚上。如果她想做好
心里想的那件衣服，她最迟明天就要

（我不怕妈妈）

动手了。她已经在韦斯托弗的约翰布料店买好了布料。那垂坠
细腻的天鹅绒质地让她惊叹，价格也令她咋舌，那家店也大得
吓人；那些时髦的女士穿着轻盈的春装，逛来逛去，打量着一
块块布料。这里回荡着一种特殊的氛围，与她经常光顾的张伯
伦镇上的伍尔沃斯商店有着天壤之别。

她有些胆怯，但没有停下来。因为，只要她愿意，她就可
以让他们都尖叫着跑到街上。模特架子扑倒在地，灯座掉下来，
一匹匹布在空中直直地展开。就像神庙里的参孙 ① 一样，她可
以随心所欲地让灾难降临到她们头上。

（我不害怕）

布料现在就藏在地下室里一个干燥的架子上，她要把它拿
上来。就在今晚。

她睁开眼睛。

----

① 《希伯来圣经》中所提到的古以色列人的最后一位法官，生来就有强大的
力量。

发力。

写字台升到空中，颤动了一会儿，然后又继续升高，一直到快要碰到天花板，她再让它下降，升高，下降。然后是床，加上她的体重。上，下，上，下。像电梯一样。

她一点儿也不累。嗯，还是有一点儿累，但不是很累。两周前几乎没有的能力，现在发展的速度——

近乎可怕。

现在，就像对月经的了解那样，许多记忆似乎都自然而然地出现了，仿佛某处精神大坝决堤了，记忆的洪水喷涌而出，都是些模糊扭曲的童年记忆，但异常真实。让墙上的画跳舞；打开房间对面的水龙头；妈妈让她

（嘉丽关上窗户天要下雨了）

做某件事，突然房子里的窗户全都砰砰地关上了；拧开麦卡弗蒂小姐大众汽车的气门芯，让四个轮胎都瘪掉；石头雨……

（！！！！！！！！不不不不！！）

但现在，这些记忆是不可否认的，正如每个月的生理期也是不可否认的一样，那段记忆也不再模糊；它明亮而刺眼，就像锯齿状的闪电：那个小女孩

（妈妈别这样妈妈别我喘不过气了哦我的喉咙啊妈妈对不起我看了妈妈哦我的舌头我嘴里有血）

那个可怜的小女孩

（尖叫：小荡妇啊我知道这是怎么回事我知道必须要做什么）

那个可怜的小女孩一半身子在壁橱里，另一半在外面，眼冒金星，头晕耳鸣，肿胀的舌头耷拉在嘴外，脖子上有一圈淤

青，那是妈妈掐出来的。然后妈妈又朝她走了过来，右手拿着爸爸拉尔夫的长切肉刀

（割掉它我必须割掉那罪孽割掉你身上污秽的罪孽哦我知道是这双眼睛那我就剜掉你的眼睛）

妈妈的脸扭曲着，大张着嘴巴，口水流到下巴上，左手拿着爸爸拉尔夫的《圣经》

（你再也看不到那个光着身子的荡妇了）

然后什么东西屈伸了，不是简单的屈伸，而是**发力**了！巨大的、无形的、现在还不属于她、今后也不会属于她的力量源泉，然后什么东西掉在了屋顶上，妈妈吓得尖叫起来，妈妈左手里爸爸拉尔夫的《圣经》掉在了地上，很好；然后更多乒乒乓乓的声音，房子里的家具开始乱飞，妈妈把刀扔在地上，跪下祈祷，她双手高举，膝盖颤抖；椅子呼啸着穿过大厅，楼上的床翻倒在地，餐厅里的桌子把自己卡在窗户里，妈妈的眼睛瞪得越来越大，眼珠越来越凸出，神色越来越疯癫，她指着这个小女孩

（是你是你你这个恶魔之子女巫魔鬼是你干的）

接着，石头从天而降；砸裂了屋顶，那声音砰砰作响，就像是上帝沉重的脚步声，然后妈妈就晕倒了。

之后，她自己也晕倒了。再之后的记忆就没有了。妈妈没有再提起这件事，切肉刀放回了抽屉里，妈妈给她脖子上那些青紫的瘀伤敷药。嘉丽记得她问过妈妈这是怎么弄的，妈妈只抿紧了嘴唇，什么也没说。渐渐地，这件事就被淡忘了。记忆之眼只在梦中睁开。墙上的画不再跳舞，窗户也不再自己关闭，嘉丽不再记得这些。直到现在。

她躺在床上，看着天花板，浑身是汗。

"嘉丽，吃晚饭了！"

"谢谢，

（我不害怕）

妈妈。"

她爬起来，用深蓝色的发带扎好头发，下楼去了。

摘自《潜能爆发》第 59 页：

嘉丽的"天生灵力"有多明显？有着极端基督伦理观的玛格丽特·怀特对此又有何看法？我们或许将永远都不得而知。但人们相信怀特太太的反应一定很激烈。

"你还没吃馅饼呢，嘉丽，"妈妈抬起头看着她，她喜欢一边喝茶一边读小册子，"这是我们自己做的。"

"妈妈，这会让我脸上长痘。"

"脸上长痘是上帝让你保持贞洁的方式。把馅饼吃掉。"

"妈妈？"

"怎么啦？"

嘉丽的声音低了下去："汤米·罗斯邀请我去参加下周五的春季舞会。"

妈妈一下把小册子丢在一旁，睁大眼睛瞪着她，一副她好像听错了的表情。她的鼻孔突然张大，像是马听到蛇的嘶嘶声一样。

嘉丽想要压下喉咙里的异物感，但只

（我不怕是的我害怕）

压住了一部分。

"他是一个非常好的男孩。他答应先来家里，拜访你，而且——"

"他十一点之前会送我回来。我已经——"

"不，不，**不**！"

"——答应他了。妈妈，请你想想，我必须开始……去试着和其他人接触。我不像你。我很可笑——我是说，他们觉得我很可笑。我不想再这样了。我想试着成为一个完整的人，否则一切就都太迟了——"

怀特太太把茶一下子泼到嘉丽的脸上。

茶水并不太热，但它瞬间让嘉丽闭上了嘴巴。她呆坐着，琥珀色的液体顺着她的下巴和脸颊，滴到她的白衬衫上，茶渍随即在衬衫上洇开。茶水黏糊糊的，闻起来像肉桂的味道。

怀特太太气得发抖，脸色僵硬，只有鼻孔还在张合。她突然把头往后一仰，冲着天花板尖叫起来。

"上——帝！上——帝！上——帝！"她咬牙切齿，一个字、一个字地说道。

嘉丽一动不动地坐着。

怀特太太站起来，绕过桌子走向嘉丽。手指勾着，像两只颤抖的爪子。她脸上的神情近乎疯狂，混杂着同情和仇恨。

"壁橱，"她说，"去你的壁橱里祈祷吧。"

"不，妈妈。"

"男孩们。是的，男孩接着就来了。流血之后，男孩子来了。就像闻着味儿的狗，咧着嘴，流着口水，想找出来这味儿是哪儿来的。那种……味道！"

她挥动着手臂，用力一甩，打在了嘉丽的脸上，那声音

（上帝啊我好害怕）

就像皮带在空中甩出的声音。嘉丽上半身摇晃了一下，但还是
坐着没动。她脸上的手掌印先是白色的，然后变成了血红色。

"这个印子。"怀特太太说。她的眼睛瞪得很大，却毫无神
采；呼吸很急，大口地吸着空气。她好像在自言自语，一只手
抓着嘉丽的肩膀，把她从椅子上拽了起来。

"我见过，好吧。噢，是的。但是。我从来没有。做过。除
了他。他。要了。我……"她停了下来，茫然地望着天花板。
嘉丽吓坏了。妈妈似乎正为某种可能毁灭她的重大真相而痛
苦着。

"妈妈——"

"在汽车里。我知道他们开车要带你去哪儿。城市边上。小
旅馆。威士忌。气味……哦，**他们闻到你身上的气味了！**"她突
然尖叫起来。脖子上青筋毕露，头则向上扭曲着。

"妈妈，你还是别说了。"

这似乎把她拉回到某种模糊的现实中。她的嘴唇因惊讶而
抽搐着，她停了下来，仿佛在新世界里摸索着旧的方向。

"壁橱，"她咕哝着，"去你的壁橱里祈祷吧。"

妈妈举起手来就要打她。

"不！"

那只手停在死寂的空气中。妈妈抬头看着它，好像要确认
自己的手还在那儿，而且完好无损。

馅饼盘突然从桌子上的三角架里飞了起来，穿过房间，扑

通一声掉在客厅的门旁边，溅出一片蓝莓汁。

"我要去，妈妈！"

妈妈的茶杯翻倒在桌子上，然后飞了起来，飞过她的头顶，在炉子上方砸得粉碎。妈妈尖叫一声，双手抱头跪下。

"你这个魔鬼之子，"她呻吟道，"魔鬼之子，撒旦之子——"

"妈妈，站起来。"

"欲望和淫乱，对肉体的渴望——"

"站起来！"

妈妈说不出话来，但她还是站了起来，双手仍然放在头上，像个战俘。她的嘴唇一张一合。在嘉丽看来，她好像在背诵主祷文。

"我不想和你争执，妈妈，"嘉丽说，她几乎说不下去了，但她竭力控制住自己，"我只想被允许过自己的生活。我……我不喜欢你的生活。"她停了下来，不由自主地害怕起来。亵渎的话终于说出来了，它可比那些脏话还要糟糕一千倍。

"女巫，"妈妈低声说，"《圣经》上说，'不可容女巫活着'。你父亲为上帝工作——"

"我不想谈这个，"嘉丽说，每次妈妈提起爸爸的时候，她总是觉得心烦意乱，"妈妈，我只是想让您知道，家里要有所改变了。"她的眼睛闪着光。"**他们**最好也能明白这一点。"

可是妈妈又在对着自己念念有词了。

她很失望，喉咙里萦绕着扫兴的感觉，心里翻腾着低落的情绪。于是她去地下室里拿衣服料子。

这至少比壁橱好。任何事都比那间放着蓝光、散发着令人窒息的汗臭和她的罪恶的壁橱要好。任何事。一切。

她站在那里，把那包布料紧紧地抱在胸前，闭上眼睛，不再看地下室里没有灯罩、结着蜘蛛网的灯泡发出的微弱光芒。汤米·罗斯不爱她，她知道。这是一种奇怪的赎罪方式，她能理解，也能回应。自从她到了会理性思考的年纪之后，她就一直和"赎罪"的概念形影不离。

他曾说过一切都会好的——他们会确保这一点。好吧，**她**会确保这一点。她们最好别惹事。最好不要。她不知道自己的天赋是来自光明之神，还是来自黑暗之神。现在，她终于发现自己并不在乎这一点，她感到了一种难以形容的轻松，仿佛她长期背负的大石头从肩上滑落了。

妈妈在楼上继续低声祈祷，这不是主祷文。这是《申命记》中的驱魔祷告。

摘自《我的名字叫苏珊·斯涅尔》第 23 页：

他们后来甚至拍了一部关于这个事件的电影。去年四月的时候我去看了。从电影院走出来的时候，我觉得很恶心。在美国，无论什么时候发生了重要的事情，人们都要将它美化——像精美的婴儿鞋一样，那样你就可以将它置之脑后了。忘记嘉丽·怀特可能是一个任何人都没有意识到的重大错误。

星期一的早晨，格雷尔校长和他的手下彼得·莫顿在他的办公室里喝咖啡。

"哈根森还没有消息吗？"莫顿问。他的嘴唇像约翰·韦恩那样撇了一下，嘴角却流露出一丝怯意。

"毫无音信。克莉丝也不再喋喋不休地说她父亲要怎么对付我们了。"格雷尔板着脸吹着咖啡。

"你看起来不太高兴啊。"

"是的。你知道嘉丽·怀特要去舞会吗?"

莫蒂眨了眨眼睛。"和谁一起?鸟嘴吗?"鸟嘴叫弗雷迪·霍尔特,是埃文高中另一个被排挤的学生。他浑身湿透的话大概能有一百磅重,乍一眼看上去他的大鼻子就占了六十磅。

"不是,"格雷尔说,"是和汤米·罗斯。"

莫蒂胡乱咽了一口咖啡,被呛得咳了起来。

"我刚得知这个消息的时候跟你的反应一样。"格雷尔说。

"那他女朋友呢?那个叫斯涅尔的女孩儿?"

"我想是她怂恿他的,"格雷尔说,"我找她谈话的时候,她似乎对发生在嘉丽身上的事感到十分内疚。现在她在装饰委员会工作,干得很起劲,就好像不参加毕业舞会也没什么大不了的。"

"哦。"莫蒂恍然大悟道。

"至于哈根森——我想他一定跟别人谈过,意识到如果我们想的话,我们确实可以代表嘉丽·怀特起诉他。我想他应该不会自讨苦吃。我担心的是他女儿。"

"你觉得星期五晚上会出事?"

"我不知道。我知道克莉丝有很多朋友要去那里。她整天和比利·诺兰那浑小子混在一起;他也有一群狐朋狗友,那是一帮专门以吓唬孕妇为乐的家伙。据我所知,他对克莉丝·哈根森言听计从。"

"你觉得可能会出什么事?"

格雷尔做了一个不安的手势。"具体的吗？我不知道。但我在这个圈子里待的时间够长了，我知道情况很糟糕。你还记得一九七六年对斯塔德勒的比赛吗？"

莫蒂点点头。要想让人们忘记埃文对斯塔德勒比赛，三年的时间还远远不够。布鲁斯·特雷弗是一名边缘学生，却是一名出色的篮球运动员。教练盖恩斯不喜欢他，但是特雷弗可能会带着埃文高中十年来第一次打进地区锦标赛。在埃文对阵斯塔德勒山猫队最后一场关键比赛的前一周，他被球队除了名。在一次事先告知的储物柜例行检查中，在特雷弗的《公民学》课本后面发现了一公斤大麻。埃文输掉了比赛——以104:48的比分——和打进锦标赛的机会。但没人记得这些，他们记得的是中断了第四节比赛的那场骚乱。布鲁斯·特雷弗引起了这场骚乱，他理直气壮地声称自己被栽赃了。骚乱导致四人因伤就医，其中一人是斯塔德勒的教练，一个急救箱砸在了他的头上。

"我有那种感觉，"格雷尔说，"一种预感，有人会带着烂苹果之类的东西来。"

"但愿是你想多了。"莫蒂说。

摘自《潜能爆发》第92—93页：

现在人们普遍赞同意念移物是一种基因隐性遗传现象，它与血友病等疾病相反，血友病只显性遗传于男性。它曾被称为"国王的恶魔"，它在女性体内是隐性基因，并且对健康没有影响。然而，男性后代则是"出血者"。只有当患病的男性与携带隐性基因的女性结婚时才会在后代中引发这种疾病。这种结合产生的后代如果是男性，将是血友病患者。若是女性，将是血友病基因携带者。需要强调的是，男性的基因系统也**可能**隐性携带血友病基因，但如果他娶了一个有同样非正常基因的女性，其男性后代将是血友病患者。

在通婚普遍的王室中，该基因一旦进入家族系统中，就有很高的基因繁殖几率，因此血友病也被称为"国王的恶魔"。本世纪初，阿巴拉契亚地区曾爆发过大规模的血友病；在那些乱伦和堂兄妹结婚的文化中，血友病发病率也很高。

在意念移物现象里，男性却是携带者；女性体内也**可能**隐性携带意念移物基因，但**只有**女性体内才能显性携带该基因。看来拉尔夫·怀特携带了这种基因，玛格丽特·布里格姆恰巧也携带有非正常基因标记，但我们很确信它是隐性基因，因为没有任何证据表明她有类似于她女儿的意念移物能力。目前正在对玛格丽特·布里格姆的祖母赛迪·科克伦的生活进行调查，因为如果意念移物的显隐性模式与血友病一样，那么科克伦夫人可能是意念移物的显性基因携带者。

如果怀特夫妇的孩子是男孩，那么他也不过是一个基因携带者。这种突变随着他的死亡而消失的可能性很大，因为拉尔夫·怀特-玛格丽特·布里格姆婚姻中的任何一方都没有年龄相当的表亲，可以与这位假设的男性后代结婚。而随机遇到另一个携带意念移物基因的女性并与之结婚的几率非常小。至今还没有一个研究这个问题的小组成功分离出这种基因。

毫无疑问，由于缅因大屠杀，分离这种基因肯定会成为医学的首要任务之一。血友病，或称 H 基因，导致男性血小板缺乏。意念移物基因，或 TK 基因，能制造出伤寒玛丽那样的人，拥有几乎可以随意摧毁一切事物的能力……

周三下午。

苏珊和另外十四名学生——春季舞会装饰委员会的成员——正在制作一幅巨大的壁画，这幅壁画将于周五晚上悬挂在两个乐队演奏台的后面。主题是威尼斯的春天（苏想知道是谁选了这些做作的主题。她在埃文高中上了四年，参加过两次舞会，可她还是不知道。为什么这种该死的东西还**需要**主题呢？为什么不干脆弄一个短袜舞会呢，这多简单啊）。埃文最具艺术才华的学生乔治·奇兹马用粉笔画了一小幅草图：夕阳下，一艘凤尾船在河道上随波漂流，一名船夫戴着一顶巨大的草帽，斜倚在船舵上，水天之间尽是各种粉色、红色和橘色。毫无疑问，这幅画很美。乔治已在一块十四英尺①宽、二十英尺长的大画布上重新勾勒出它的轮廓，上面在不同的区域标了数字，将用不同颜色的粉笔涂色。现在，整个委员会成员都在耐心地给它上色，就像孩子们趴在一个巨人的涂色本的书页上。苏看着满是粉色粉笔灰的手和前臂，心想这将是有史以来最漂亮的舞会。

海伦·谢尔斯趴在她旁边，她坐起来伸展了一下双臂，挺

---

① 1 英尺 =30.48 厘米。

直腰发出一声呻吟。她用手背拂去额头上的一绺头发，留下了玫瑰色的粉笔痕迹。

"你到底是**怎么**说服我的？"

"你希望舞会成功，不是吗？"苏模仿着装饰委员会主席——老姑娘吉尔小姐的口吻（这个称号用来称呼八字胡小姐真是再贴切不过）说道。

"是啊，但为什么不是茶点委员会或娱乐委员会呢？少做点苦力，多动点脑子。动脑子，那是我的强项啊。再说，你甚至都不——"她没有说下去。

"参加？"苏珊耸耸肩，又拿起了粉笔。她的手都快抽筋了，"是的，但我仍然希望它会成功。"她害羞地补充道："汤米会参加。"

他们默默地干了一会儿，然后海伦又停了下来。他们旁边没有人；最靠近她们的是壁画另一端的霍莉·马歇尔，她正在给凤尾船的龙骨上色。

"我能问问你吗，苏？"海伦终于问道，"天哪，每个人都在议论这件事。"

"当然，"苏停了下来，活动活动手指，"也许我应该告诉别人，这样大家就不会误解了。是我让汤米邀请嘉丽的。我希望这能让她合群一些……克服一些障碍。我想这是我欠她的。"

"那你把我们其他人又放在什么位置呢？"海伦问道，她并没有生气。

苏耸耸肩。"海伦，你得自己判断我们的所作所为。我没有资格去评判些什么，但我不希望人们认为我在……"

"装圣人吗？"

"差不多就是这样。"

"汤米同意了?"这是她最想知道的。

"是的。"苏说,但没有详细说明。停顿片刻后,她说:"我想其他人会认为我自以为高人一等吧。"

海伦想了想。"嗯……他们都在谈论这件事,但大多数人还是觉得你很好。就像你说的,你做出了自己的决定。但是,还有几个人并不这么想。"她勉强地笑了笑。

"克莉丝·哈根森那帮人?"

"还有比利·诺兰那帮人。上帝,他真的很垃圾。"

"她不太喜欢我?"苏问道。

"苏茜,她对你恨之入骨。"

苏珊点点头,惊讶地发现这个想法既使她苦恼又使她兴奋。

"我听说她父亲打算起诉学校,后来他又改变主意了。"她说。

海伦耸耸肩。"在这件事上,没有人站在她那一边,"她说,"我不知道我们是怎么回事,我们每个人。我甚至都不知道自己是怎么想的了。"

他们默默地干着。房间另一头,唐·巴雷特正在竖起一架伸缩梯,准备用绉纸装饰头顶的钢梁。

"看,"海伦说,"克莉丝来了。"

苏珊抬起头,正好看见她走进体育馆门口左边的小办公室。她穿着酒红色的天鹅绒短裤和一件白色的丝质衬衫——从胸部晃动的样子看,她没有穿胸罩——真是一个老色鬼的美梦啊,苏酸溜溜地想着,她不知道克莉丝去舞会委员会的办公室里干什么。当然,蒂娜·布莱克也是委员会的一员,她们俩形影不离。

停下，她责备自己。你想让她穿上粗麻布坐在灰土里吗？①

是的，她承认。她心里就是这么想的。

"海伦？"

"嗯？"

"他们打算捣乱吗？"

海伦的脸上有些不情愿地僵硬了一下。"我不知道。"声音很轻，听上去过于无辜了。

"哦。"苏不置可否地说。

（你知道的你一定知道些什么：勇敢点该死的即使只有你一个人告诉我）

她们继续上色，谁也没再说话。她知道情况并不像海伦说的那样好。那绝不可能；在她同伴的眼中，她再也不是那个天之娇女了。她做了一件无法控制的、危险的事——她撕破了伪装，露出了真实面目。

午后的阳光斜穿过体育馆明亮的高窗，如融化的黄油般温暖，如童年时光般甜美。

　　摘自《我的名字叫苏珊·斯涅尔》第40页：
　　我能理解导致舞会事件的一些因素。比如说，虽然这很糟，但我能理解为什么像比利·诺兰这样的人会掺和进来。他对克莉丝·哈根森言听计从——绝大

————————

① 《旧约》里悔罪的人要穿上粗麻布坐在灰土上。

部分时间都是这样。比利的朋友又对他言听计从。肯尼·加森十八岁时从高中辍学，据测试他只有三年级的阅读能力。从临床角度来看，史蒂夫·戴根简直就是个白痴。其他一些人则有案底；其中一个叫杰基·塔尔博特的九岁时就因盗窃轮毂盖而被拘留。如果你和社会工作者的想法类似，你甚至可以认为这些人是不幸的受害者。

但你能为克莉丝·哈根森说些什么呢？

在我看来，从头到尾，她唯一的目标就是彻底毁灭嘉丽·怀特……

"我不能这样。"蒂娜·布莱克不安地说。她是一个娇小漂亮的女孩，有着一头浓密的红鬈发，头发里突兀地插着一根铅笔。"如果诺玛回来，她会说出去的。"

"她去上厕所了，"克莉丝说，"快点给我。"

蒂娜有点害怕，不由自主地傻笑了起来。尽管如此，她还是象征性地反对一下："你为什么想看呢？你又不能去。"

"这无关紧要。"克莉丝说。像往常一样，她似乎充满了黑色幽默。

"给你，"蒂娜说着，把一张装在塑料文件袋里的纸推到桌子对面，"我要出去喝杯可乐。如果诺玛·沃森那贱人回来看到你了，我就说我没见过你。"

"行。"克莉丝喃喃地说，已经沉浸在舞台平面图里了，连门关上的声音都没有听见。

乔治·奇兹马也参与了舞台平面图的绘制，所以这张图非

常完美。舞池的标志很清楚。两个相似的演奏台。还有在舞会结束的时候给舞会国王和王后

（我他妈想给那个该死的斯涅尔和贱货嘉丽戴上王冠）

加冕的舞台。舞池的三面摆放着桌子，供参加舞会的人使用。实际上，这些桌子原本是牌桌，上面覆盖着一层绉纱和缎带，每张桌子上都放着舞会纪念品、节目单、国王和王后的选票。

她用涂了指甲油的修成铲形的指甲点着舞池右边的桌子，然后慢慢点到左边的桌子上。那个位置上的人是：*汤米·罗斯和嘉丽·怀特*。他们竟然真的这么干了。她简直不敢相信，气得发抖。他们真的以为她会就这么算了吗？她冷冷地抿着双唇。

她回头看了一眼。诺玛·沃森还没有回来。

克莉丝把座次表放回去，快速地翻看了一下坑坑洼洼、写满姓氏缩写的桌面上的其他文件。发票（大部分是用来买绉纸和廉价小钉子），出借牌桌的家长的名单，小额现金券，明星印刷店为舞会印制入场券的账单，一张国王和王后选票的样票——

选票！她一把抓了起来。

星期五之前，没人能看到真正的国王和王后的选票。那天，所有的学生会在学校的广播中听到候选人的名单。国王和王后将由参加舞会的人投票选出，但大约一个月前，空白的提名票已分发到各班教室了，其结果应该是最高机密。

有越来越多的学生建议废除舞会国王和王后的选举——一些女生认为这是性别歧视，而男生则认为这很愚蠢，而且令人尴尬。因此，今年很有可能是最后一次如此正式或传统地举办

舞会。

但对克莉丝来说，这是唯一重要的一年。她贪婪地盯着名单。

乔治和弗里达。不可能。弗里达·杰森是犹太人。

彼得和迈拉。这对也不行。迈拉是正在为取消舞会而奔走的女生中的一员。即使当选，她也不会干的。况且，她长得和那匹拉货的老马埃塞尔的屁股一样难看。

弗兰克和杰西卡。这一对有可能当选。弗兰克·格里尔今年入选了全新英格兰足球队，但杰西卡有点儿蠢，心眼儿还没有脸上的青春痘多。

唐和海伦。算了吧。海伦·谢尔斯连捕狗员都选不上 ①。

最后一对是汤米和苏。当然，苏的名字被划掉了，取而代之的是嘉丽的名字。真是神奇的组合！她控制不住地突然笑了起来，声音很难听；她连忙用手捂住嘴，把笑声堵了回去。

蒂娜匆匆跑了进来。"天哪，克莉丝，你还在这儿？她快回来了！"

"别担心，宝贝。"克莉丝说着把文件放回到桌子上。她走出去的时候还在咧着嘴笑，看到苏·斯涅尔的时候还停下来，嘲弄似的向她举起一只手；而苏·斯涅尔正在那幅愚蠢的壁画旁埋头苦干。

在外面的大厅里，她从包里摸出一毛钱，扔进公用电话的投币口，给比利·诺兰打了电话。

---

① 捕狗员是一个儿童游戏中的角色。

摘自《潜能爆发》第 100—101 页：

人们不禁要问，在毁掉嘉丽·怀特这件事上究竟有多少是有预谋的——是精心策划、反复排练，还是只是赶巧了？

我赞成后者。我觉得克莉丝·哈根森是这件事的主谋，但她本人对于怎样才能"毁掉"嘉丽也是迷迷糊糊的。我认为很有可能是她撺掇威廉·诺兰和他的朋友们去张伯伦北部的欧文·亨提农场的。我敢肯定，在他们的想象中，那次行程的可能结果给他们带来了一种扭曲的、诗意的正义感。

车子以六十五码的速度自张伯伦北部满是车辙的斯塔克恩德公路呼啸而过。在崎岖不平的硬质土路上开这么快的车真是不要命了。五月的树枝繁叶茂，不时有低垂的树枝刮到这辆一九六一年比斯坎车的车顶。车已锈迹斑斑，挡泥板凹陷，尾盖翘起，排气管配有双层玻璃消音器。车头灯有一个坏了；要是遇上特别颠簸的路面，另一个灯在这样的深夜里也时暗时亮。

比利·诺兰坐在主驾驶位上，面前的方向盘上裹着一层粉色绒布。杰基·塔尔博特、亨利·布莱克、史蒂夫·戴根以及加森兄弟——肯尼和卢也都挤在里面。他们点了三根大麻烟卷，在黑暗中相互传递，那点点红光就像是轮值的冥府看门狗发亮的眼睛。

"你确定亨提不在家吗？"亨利问道，"我可不想回到牢里去，亲爱的威廉 ①。他们给你吃的还不如猪食。"

---

① 威廉是比利正式的名字，比利是昵称。

肯尼·加森已经抽得晕晕乎乎的了，他觉得这句话非常好笑，发出了一阵尖锐的咯咯笑声。

"他不在，"比利说，他十分不情愿地挤出来这几个字，"他去参加葬礼了。"

克莉丝是偶然知道这件事的。老亨提的农场是张伯伦地区为数不多的几个经营成功的独立农场之一。和田园文学作品里描述的性情古怪但心地善良的老农夫不同，亨提这个老家伙十分刻薄。青苹果成熟的时候，他的猎枪里放的从来都不是岩盐，而是鸟弹。他还告了几个小偷小摸的家伙。其中一个是这几个家伙的哥们，一个叫作弗莱迪·欧弗卢克的倒霉蛋。弗莱迪在老亨提的鸡舍里被逮个正着，屁股上挨了两枪六号鸟弹。他在一间急诊室的检查室里趴着骂骂咧咧了四个小时；一名实习生兴高采烈地从他的屁股里取出散弹片，把它们扔进一个不锈钢托盘里。雪上加霜的是，他还因盗窃和非法入侵被罚了二百美元。自此之后，欧文·亨提和张伯伦的这群小混混便结下了仇。

"雷德呢?"史蒂夫问。

"他正想法勾搭上骑士酒吧新来的女侍应生呢。"比利一边说，一边转动着方向盘，比斯坎颤动着漂移了一段，拐上了亨提路。雷德·特里罗尼是亨提的雇工。他酒量很大，和他的老板一样擅长使用鸟枪。"酒吧不关门，他是不会回来的。"

"为了一个玩笑咱们冒的风险可真够大的。"杰基·塔尔博特嘟囔道。

比利板起了脸。"你想退出吗?"

"不，呃，呃……"杰基急忙说。比利给他们五个人分了一盎司上好的大麻——而且，离镇上已经有九英里远了。"这是个

很棒的玩笑，比利。"

肯尼打开汽车前面的储物箱，拿出一枚花哨的烟夹（是克莉丝的），把一个还冒着烟的大麻烟头塞了进去。他觉得这样做非常有趣，又发出了尖利的笑声。

现在他们正飞驰过马路两边的禁止入内的标志、带刺铁丝网，还有新开垦的土地。五月温暖的空气中弥漫着浓郁的泥土芬芳。

汽车爬上下一个山坡时，比利啪的一声关上了前灯，把变速器调到空挡，熄了火。汽车像一大块无声的金属，朝着亨提的私人车道滑去。

汽车顺利地拐过了弯，经过另一个小坡之后，驶过一栋黑漆漆、空荡荡的房子，车速已经很慢了。现在他们可以看到那座巨大的谷仓的轮廓，谷仓后面，朦胧的月光洒在牛棚和苹果园上。

猪圈里，两只母猪把它们扁平的鼻子伸出栅栏。牛棚里，一头母牛哞地叫了一声，可能正在做着美梦。

比利拉起了手刹，让车停下来——车其实已经熄火了，所以根本没必要；这么做让他们觉得自己像是突击队员一样——然后他们下了车。

卢·加森把手伸到肯尼前面，从储物箱里拿出一些东西。比利和亨利走到车尾，打开了后备厢。

"这狗日的回来看见了，肯定会吓得尿裤子。"史蒂夫轻声笑着说。

"为了弗莱迪。"亨利说着，从后备厢里拿出锤子。

比利什么也没说，这么做当然不是为了弗莱迪·欧弗卢克这个混蛋，而是为了克莉丝·哈根森，就像为她做的每件事一样。自从她从大学课程这座高贵的奥林匹斯山上走下来，答应做他的女朋友开始，他做的一切就都是为了她。他甚至愿意为她杀人，甚至更多。

亨利试着用一只手甩了甩那根九磅重的大锤，沉甸甸的锤头在夜晚的空气中发出一种令人恐惧的嗖嗖声。比利打开冰柜的盖子，拿出两个镀锌铁桶时，其他人都围了过来。铁桶摸上去一片冰凉，桶壁结着薄薄的冷霜。

"走吧。"他说。

他们六个人快步走向猪圈，兴奋得呼吸急促。那两头母猪像虎斑猫一样温驯，老公猪侧身躺在另一边睡着了。亨利又在空中甩了一下那把大锤，但这次没有那么坚决了。他把它递给比利。

"我不行，"他怯怯地说，"你来吧。"

比利接过锤子，怀疑地看了一眼卢，卢手里正拿着从储物箱里取出来的大屠刀。

"别担心。"他说着，然后用拇指碰了一下锋利的刀刃。

"喉咙。"比利提醒道。

"我知道。"

肯尼嘴里哼哼着，咧着嘴把吃剩下的碎薯片喂给母猪。"别害怕，小猪猪，放轻松，比尔①这个大块头一下就会砸烂你们的猪头，你们再也不用害怕炸弹了。"他搔了搔它们长满鬃毛的下巴，它们舒服地边哼哼叫着，边满足地嚼着薯片。

————————

① 比尔和比利都是威廉的昵称。

"来了。"比利说着，锤子落了下来。

这声音让他想起了他和亨利从克拉里奇路天桥上扔下一个南瓜的情景，那地方在镇西和495号公路交会处。一头母猪倒在地上死了：它的舌头伸着，眼睛瞪着，鼻子周围还有薯片屑。

肯尼咯咯笑了。"它还没有来得及打个嗝儿。"

"快点，卢。"比利说。

肯尼的哥哥从栅栏的缝隙里钻了过去，把猪头拉起来，正对着月亮——那双呆滞的眼睛直勾勾地看着天上的月亮——然后一刀砍了下去。

血猝不及防地一下喷射出来，有几个人身上溅到了一些，吓得往后一跳，厌恶地叫了起来。

比利探身过去，把一只桶放在流血的猪头底下，桶很快就满了。他把这只桶挪在一边。血淌完的时候，第二只桶才接了半桶。"另一头。"他说。

"天哪，比利，"杰基抱怨道，"这不是足……"

"另一头。"比利重复道。

"噜噜噜，小猪，小猪，小猪。"肯尼咧着嘴叫道，把空薯片袋弄得哗哗响。过了一会儿，另一头母猪来到了栅栏旁。又是一锤抢了下去。第二桶也装满了，剩下的血都流进了地里。空气中弥漫着一股难闻的铜锈味。比利发现他的前臂上沾满了黏糊糊的猪血。

把桶放回后备厢的时候，他脑子里突然产生了一种模糊的、象征性的联想。猪血。很好。克莉丝是对的。确实很好，一切都顺理成章了。

猪和猪血。

他把这两只铁桶塞进碎冰里，盖上桶盖，砰的一声关上冰柜的盖子。"我们走。"他说。

比利坐在主驾驶位上，松开刹车。那五个男孩走到后面，用肩膀顶着车向前，汽车无声地转了一个小圈，经过谷仓，爬上了亨提家对面的土坡上。

当汽车开始能自己开始滑行时，他们小跑到门边，气喘吁吁地爬了进去。

汽车离开长长的私人车道，转上亨提路的时候，已经积累了一定的速度。在山脚下，比利把变速箱拨到三挡，松开离合器。发动机转动起来，发出轰隆声。

猪和猪血，天生一对。是的，很好。非常好。他笑了，但卢·加森却觉得有点惊讶和恐惧。他不确定自己以前是否见过比利·诺兰笑过，他甚至连他发笑的流言都没有听到过。

"老亨提去参加谁的葬礼了？"史蒂夫问道。

"他老妈的。"比利说。

"他老妈？"杰基·塔尔博特惊呆了，"天哪，她比上帝还老了吧。"

肯尼又笑了起来，那尖利的咯咯声传向后方，颤动了夏初芬芳的暗夜。

第二部
舞会之夜

　　五月二十七日早上，她在自己的房间里第一次穿上了新裙子。她特地买了一个特别的胸罩来搭配，这胸罩托起她的乳房（并不是说她真的需要），但并没有包裹住乳房的上部。穿着它让她有一种怪异的、梦幻般的感觉，半是害羞、半是反叛的兴奋。

　　裙摆很长，几乎拖到了地板上。裙身宽松，腰部却是紧身的。料子柔软细腻，给她一种不一样的新奇感觉，她惯常是穿纯棉或羊毛料子的衣服的。

　　裙子挂在那里，看上去很美，和她的新鞋子很相配。她穿上裙子，调整领口，然后走到窗前。她只能看到玻璃上映出自己那模模糊糊的幽灵般的身影，但总体上还不错。也许等会儿，她可以……

　　门锁轻轻地咔嗒一下，身后的门开了，嘉丽转过身去看到了母亲。

　　她一副上班族的打扮，穿着白色的毛衣，一只手拿着黑色笔记本，另一只手拿着爸爸拉尔夫的《圣经》。

　　她们注视着对方。

　　几乎无意识地，嘉丽挺直了背，站在从窗口射进来的早春的阳光里。

　　"红色，"妈妈低声说道，"我早该知道它会是红色的。"

　　嘉丽什么也没说。

　　"我能看见你的脏枕头，所有人也都能看见。他们会看着你的身体。《圣经》上说……"

"那是我的乳房，妈妈。每个女人都有。"

"脱掉那件衣服。"妈妈说。

"把它脱下来，嘉丽。我们下楼去，一起把它丢进焚化炉里烧掉，然后向上帝祈求宽恕。我们去忏悔。"只要是她认为遇到了考验信仰的事情，她的眼中就会迸发出一种奇怪的、脱离尘世的热切。"我不去上班了，你也别去上学。我们就在家祈祷，祈求上帝降下旨意。我们跪下来，祈求五旬节 ① 的火。"

"不，妈妈。"

她母亲伸出双手，掐自己的脸，脸上出现了一片红印。她想看看嘉丽的反应，可是嘉丽无动于衷。于是她又把右手手指勾起来，往自己脸颊上抓去，脸上留下了淡淡的血痕。她呼号着，身体后仰，眼睛里燃烧着激动的火焰。

"别再伤害自己了，妈妈。你这样也阻止不了我的。"

妈妈尖叫起来。她把右手握成拳，猛捶自己的嘴，嘴角流出了血。她用手指轻轻蘸了一下血，恍惚地看着它，在《圣经》的封面上画了一个血点。

"用羔羊的血清洗罪孽，"她低声说，"有很多次。很多次我和他……"

"你走吧，妈妈。"

她抬起头来看着嘉丽，眼睛闪着光，脸上浮现出一种令人生畏的义愤表情。

"上帝是不会被愚弄的，"她低声说道，"你终将因你的罪而受到惩罚。烧了它，嘉丽！把那魔鬼的红衣从身上扒下来，烧

---

① 五旬节为复活节周日后的第五天，庆祝圣灵的降临。

了它！烧了它！**烧了它**！”

门砰的一声自己开了。

“走吧，妈妈。”

妈妈笑了。她那血淋淋的嘴让她的微笑显得诡异而扭曲。“荡妇耶洗别的下场是从楼上摔下去，你终会和她下场相同，”她说，“然后狗会来舔你的血。《圣经》上是这么写的！这是……”

她的脚开始在地板上滑动起来，她低下头不解地看着它们。木地板好像变成了冰。

“**住手**！”她尖叫道。

她滑到了客厅里。她抓住门框，坚持了一会儿；然后她的手指似乎被什么看不见的东西掰开了。

“我爱你，妈妈，”嘉丽坚定地说，“我很抱歉。”

她想象着门会自动关上，门真的就这么关上了，好像被风吹的一样。为了不伤害妈妈，她小心翼翼地松开了把她推出去的那只精神之手。

过了一会儿，玛格丽特在外面重重地砸门。嘉丽让门紧关着，她的嘴唇颤抖着。

“你会遭到审判的！”玛格丽特·怀特咆哮道，“我不会再管你了！我尽力了！”

“彼拉多说的。”嘉丽说。

她妈妈走了。过了一会儿，嘉丽看见她走上人行道，穿过马路上班去了。

“妈妈。”她轻轻地说，把额头贴在玻璃上。

摘自《潜能爆发》第 129 页：

在对舞会之夜事件进行更详细的分析之前，我们不妨先梳理一下我们对嘉丽·怀特的了解。

我们知道嘉丽是她母亲宗教狂热的受害者，她有一种潜在的意念移物能力，这种能力通常被称为 TK。我们知道，这种所谓的"野性天赋"实际上是一种遗传特征，由一种基因产生（如果存在的话），这种基因通常是隐性的。我们怀疑 TK 能力可能来自腺体的变化。我们知道嘉丽还是一个小女孩时至少展示过一次这种能力，那时她处于极度内疚和压力之下。我们知道，她第二次处于这种极端情况下是浴室欺辱事件。人们推断（伯克利的威廉·G.斯隆贝利和茉莉亚·吉文斯是这一理论的倡导者），心理因素（即其他女孩和嘉丽自己对月经初潮的反应）和生理因素（即嘉丽青春期的来临）共同导致了 TK 能力在此时再现。

最后，我们知道在舞会之夜，第三次极端的压力出现了，这导致了我们现在必须要开始讨论的可怕事件。我们将首先讨论……

（我不紧张一点儿也不紧张）

汤米已经提前把她的胸花送了过来，现在她正自己把它别在长裙的肩上。妈妈当然不会为她做这件事，也不会来看看她是否把它别对了位置。妈妈把自己锁在祈祷室里，歇斯底里地祈祷了两个多小时。她的声音时高时低，断断续续，令人恐惧。

（对不起妈妈但我不能道歉）

她把花别到了满意的位置，垂下双手，闭着眼睛静静地站了一会儿。家里没有穿衣镜，

（虚荣虚荣一切都是虚荣）

但她认为自己很美。她必须是。她——

她又睁开了眼睛。用绿票购买的黑森林布谷鸟钟显示已经七点十分了。

（他二十分钟后就到了）

他会来吗？

也许这不过是一个精心策划的玩笑，压倒她的最后一根稻草，最后的笑点。让她穿着她这件有着公主腰款式、朱丽叶式袖子和直筒裙摆的压纹天鹅绒长裙，在这里坐上大半夜，左肩上还别着朵黄玫瑰。

另一间屋子里传来了妈妈逐渐抬高的声音："……在这神圣的土地上！我们知道您带来了审视之眼，那可怕的三重眼，还有黑号角奏响的声音。我们真心忏悔……"

嘉丽认为没有人能理解，自己迈出这一步，让自己暴露于这一晚可能会发生的任何可怕的事情之下，需要多么大的勇气。被放鸽子反而不是最可怕的。事实上，她觉得，她心底里甚至偷偷地在希望，这样的结果或许是最好的，如果——

（不停下）

当然，和妈妈待在这里会自在些，也更安全。她知道她们对妈妈的看法。是的，妈妈可能是个疯子、怪胎，但至少她的行为可以预测。在这所房子里发生的一切都可以预料得到。在家里，她永远都不会遇到尖笑着扔东西的女孩。

如果他不来呢？如果她退缩、放弃呢？再过一个月高中就

要结束了。然后呢？就这样偷偷地蜗居在这所房子里，靠妈妈养着吗？当加里森太太请她过去做客（她已经八十六岁了）的时候，在她家里看着电视上的游戏节目和肥皂剧，晚饭后散步走到镇中心，在已经没什么人的凯利水果店喝上一杯麦芽酒，越来越胖，失去希望，甚至失去思考的能力吗？

不。哦，亲爱的上帝，请不要。

（请让事情有个美好的结局吧）

"——保佑我们不被**他**伤害，那有着偶蹄的恶魔，在巷子里等着，在小旅馆的停车场里等着，哦，救世主……"

七点二十五分。

紧张不安中，她不由自主地用意念把东西抬起放下，就像一个在餐馆里等人的女人紧张地把餐巾折来折去一样。她已经能一次就把五六个物体悬在空中，也不会觉得累或是头痛。她一直在等待这股力量衰退，但它一直都很强盛，丝毫没有减弱的迹象。有天晚上，在放学回家的路上，她毫不费力地让一辆停着的汽车

（上帝啊请不要让这成为一个玩笑）

沿着主街路边滑行了二十英尺。法院旁那些游荡的闲汉的眼珠子都要瞪出来了；她当然也一样瞪大了眼睛，心里却在暗笑。

布谷鸟突然从钟里跳出来报时。七点三十分了。

她注意到使用这种力量似乎会给她的心肺和内部的自我调节功能带来沉重的负担。她怀疑她的心脏可能真的会因为负担过重而爆炸。这就像在别人的身体里，强迫她一直跑啊跑。你自己不会付出代价；但这个人的身体会。她开始意识到，也许她的力量与在炭火上行走、把针扎进眼里或是爽快地把自己活

埋长达六周的印度苦行僧并没有太大的不同。任何形式的用精神力操纵身体都会剧烈地消耗体能。

七点三十二分了。

（他不会来了）

（别想了越想越心急他会来的）

（不他不会来了他正在外面和他的朋友嘲笑你过一会儿他们就会开着一辆车大笑大叫着呼啸而过）

心烦意乱地，她开始把缝纫机举高又放下。缝纫机在空中摆动的幅度越来越大。

"——还要保佑我们，使我们免受那不孝女之害。这个孽障总是任性妄为。"

"**闭嘴！**"嘉丽突然尖叫起来。

妈妈突然停了下来，沉寂一阵之后，又吟唱了起来。七点三十三分。

不来了。

（我要毁了这栋房子）

这个念头自然而清晰地浮现在她的脑海里。先把缝纫机扔过客厅的墙壁。沙发破窗而出。桌子、椅子、书和小册子四处飞荡。水管破裂，水喷涌而出，就像脱离了皮肉的血管一样。至于屋顶，如果她的力量足够强，那屋顶上的木瓦就会像受惊的鸽子一样，在夜空中飞散开来……

过往的车辆在玻璃上投下彩色的光点。

之前有车子开过来时，每次都让她心里一阵紧张，但是这辆车开得越来越慢。

（哦）

她不由自主地跑到窗前，是他，是汤米！他刚从他的车里出来，即使在路灯下，他也是如此地英俊、有活力，简直是……帅爆了。这个奇怪的用词让她想笑。

妈妈不再祈祷了。

她从椅背上拿起她那件薄薄的丝质披肩，披在自己裸露的肩膀上。她咬了咬嘴唇，整理了一下头发，此时她真想拿自己的灵魂去换一面全身镜。大厅里的门铃发出刺耳的响声。

她让自己等了一会儿，稳住自己颤抖的双手，等待第二声铃响。然后她慢慢地走向门口，披肩也发出沙沙声。

她打开门，他就站在那里，穿着白得令人目眩的晚礼服和深色的裤子。

那一瞬间，他们凝视着彼此，没有说话。

她觉得只要他发出一丝不合适的声音，她的心就会破碎；如果他发笑，她会死去。她真切地感觉到——她悲惨的一生都凝聚在这一个点上了，要么结束，要么是幸福的开始。

最后，她无助地问道："你喜欢吗?"

他说："你真美。"

是的，她很美。

摘自《潜能爆发》第 131 页：

参加埃文高中春季舞会的人在学校里集合，有些人正要离开舞会前的自助餐会，此时克莉丝·哈根森和威廉·诺兰在小镇边上的一家名叫骑士的小酒吧里碰了面。我们知道他们很长一段时间内都是在那里见面的。这是怀特委员会的记录。我们不知道的是，他

们的计划是细致完整、精心策划的，还是只是心血
来潮……

"到时间了吗?"她在黑暗中问道。

他看看手表。"还没有。"

透过地板，隐隐传来自动点唱机正在播放的雷·普莱斯
的《她定是个圣人》。克莉丝想起来，两年前她第一次用假身份
证件来这儿之后，骑士旅馆就一直放着这张唱片。当然，那时
候她是在楼下的酒吧里，而不是在老板山姆·德沃克斯的这个
"专用房"里。

比利的香烟在黑暗中闪着红光，就像一只不安的恶魔的眼
睛。她沉思地看着它。直到上周一她才答应和他上床，当时他
保证，只要嘉丽·怀特真的胆敢和汤米·罗斯一起去舞会，他
和他的狐朋狗友就会帮她教训教训嘉丽。但他们之前也来过这
里，也曾激烈地搂脖子抚摸接吻——她称之为苏格兰式做爱，
而擅长说脏话的比利则称这是干燥的性交。

她本来是打算等他真正行动了再答应他，

（当然他确实行动了他弄到了血）

但事情开始脱离她的控制，这让她觉得很不安。即使周一那天
她没有半推半就地屈服，他也会用蛮力得到她。

比利不是她的第一个男朋友，却是第一个她不能随意玩弄
的男朋友。在他之前，她的男友都是些养尊处优、皮肤光洁、
家里有钱有势的"妈妈牌"乖宝宝。他们开着自己的大众汽车、
标枪汽车或道奇牌战马车。他们读马萨诸塞大学或波士顿学院，
秋天穿着大学联谊会的防风夹克，夏天穿亮色条纹无袖紧身背

心。他们抽大麻抽得很凶，然后吹嘘自己在飘飘欲仙的时候发生的趣事。他们一开始总是屈尊纡贵地对她（所有的高中女生，不管长得多漂亮，都是些二流货色），最后又总是气喘吁吁地、像狗一样殷勤地跟在她身后。如果他们追她的时间够长，够大方，她通常会允许他们和她上床。通常她只是躺在他们身下，既不迎合，也不拒绝，直到完事。事后，她会把这事在脑海中重演，然后独自获得快感。

她是在波特兰的一次公寓缉毒之后结识比利·诺兰的。那次行动中，有四名学生因藏毒而被捕，其中包括克莉丝那天晚上的约会对象。克莉丝和其他女孩则因在场而被指控。她的父亲暗中插手迅速解决了此事，并质问她是否知道如果他的女儿卷入毒品诉讼中，会对他的形象和工作造成什么影响。她告诉他，她觉得没什么能伤害到他的形象或工作，于是他没收了她的车。

一周后的一天下午，比利提出放学让她搭车，她同意了。

其他孩子管他叫"棒球小子"或"机械狂魔"。然而，他身上的某种东西让她兴奋不已，现在当她睡意蒙眬地躺在这张偷情的床上（却越来越清楚地感到兴奋和愉快的恐惧）时，她觉得那可能是因为他的车——至少一开始是这样的。

这辆车与她那些联谊会约会对象的车子大不相同，那些车像是一个模子压制出来的，毫无个性可言：封闭良好的车窗、可折叠方向盘，还有塑料座套和挡风玻璃清洁剂隐约散发的不适气味。

比利的车又破又黑，看起来有点吓人。挡风玻璃的边缘都磨白了，像得了白内障一般，座位也松动了。啤酒瓶在后面咔嗒咔嗒地碰撞滚动（她以前的约会对象喝的是百威，比利和他的朋友喝的是莱茵金啤），她只能把脚放在一个没盖的、油迹斑斑的巧匠牌大工具箱旁边。工具箱里有很多种工具，她怀疑其中大部分都是偷来的。车上都是润滑油和汽油的味道。直管的声音透过薄薄的车底板，响亮而令人振奋。一排刻度盘挂在仪表盘下面，安培表、油压表和转速表（管它是什么）。后轮换了很多次，引擎盖像是要戳到地上了。

当然他开得很快。

第三次坐比利的车回家时，一个光秃秃的前轮在汽车时速六十英里时爆胎了。汽车发出刺耳的滑行声，她大声尖叫起来，那一瞬间她觉得自己在劫难逃了。她脑海中闪过她那破碎的、血淋淋的尸体像一堆破布一样被扔在电话杆底座旁的场景，就像小报上刊登的照片一样。比利一边咒骂一边疯狂地转动缠着绒布的方向盘。

车子最终在公路左边的路肩上停了下来；她从车里爬出来的时候，膝盖抖得都走不了路，她看到车后面留下了七十英尺长的、橡胶烧焦的环状痕迹。

比利已经打开了后备厢，拿出一个千斤顶，嘴里嘟囔着什么。他好像丝毫都没有受到惊吓。

他从她身边走过，嘴里已经叼上了一支烟。"把工具箱拿过来，宝贝。"

她目瞪口呆。她像一条搁浅的鱼一样嘴巴张张合合，好半天才挤出几句话："我——我不拿！你差点杀——你——差点——你这个**疯子**！再说了，它那么**脏**！"

他转过身来，眼神平静地看着她。"拿过来，要不然明儿晚上我他妈的就不带你去看拳击。"

"我讨厌拳击!"她从来没去看过拳击赛，但她气坏了，根本控制不住自己。她的联谊会约会对象总是带她去听摇滚音乐会，她觉得很讨厌。他们旁边总是会坐着个几星期没洗澡的人。

他耸了耸肩，回到车头，开始用千斤顶把车顶起来。

她把工具箱拿了过来，她的新毛衣上沾满了油渍。他哼了一声，并没有回头。他的 T 恤从牛仔裤里跑了出来，露出光滑黝黑的背部，满是健壮的肌肉。这使她神魂颠倒，她不禁伸出舌头舔了一下嘴角。她帮他把轮胎卸下来，弄得手上脏兮兮的。汽车在千斤顶上吓人地摇晃着，备胎有两个地方也已经磨损了。

换完胎回到车里的时候，她的毛衣和昂贵的红裙上都沾满了厚厚的油污。

"你要是以为——"他一上车，她就开始说。

他探过身来吻她，双手在她身上用力抚摸，从腰摸到胸上。他的呼吸带着烟草的气味，还有百利发油和汗水的味道。她终于挣脱了他，低头看着自己，呼呼喘着气。这件毛衣现在不仅沾满了油渍还有路上的泥土，在约旦·马什商店花二十七点五美元买的衣服现在成了垃圾。但是，她感到了一股强烈的、甚至略带痛苦的兴奋感。

"你怎么解释你身体的反应呢?"他问道，又吻了她一下，嘴角似乎挂着一丝戏谑的笑意。

"摸我，"她在他耳边说，"摸我全身，把我弄脏。"

他照做了。丝袜像张大的嘴一样裂开了。本来就很短的裙子，被粗暴地推到了腰部。他贪婪地摸来摸去，毫无技巧可言。

一种难以言喻的感觉，也许是突然与死神擦身而过，使她突然达到了强烈的高潮。她后来和他一起去看了拳击赛。

"八点一刻了。"他说着从床上坐了起来。打开灯，开始穿衣服。他的身体仍然令她着迷。她想起了上周一的晚上，想起了当时的一切。他——

（不）

以后有足够的时间来回想，也许，除了激起她的渴望之外，还能有点别的用处。她把腿转到床边，穿上了蕾丝内裤。

"也许这不是个好主意，"她说，不确定是在试探他还是在试探自己，"也许我们应该回到床上——"

"这是个好主意，"他说，脸上掠过一丝幽默，"猪和猪血，天生一对。"

"什么？"

"没什么。快点。穿上衣服。"

她穿好了衣服。当他们从后楼梯离开时，她感到她的腹部升腾起一股强烈的兴奋感，就像一棵夜间开花的藤蔓在肆意生长。

摘自《我的名字叫苏珊·斯涅尔》第45页：

你知道，我并不像人们所认为的那样对这一切感到难过。他们没有直接说出他们的想法；他们总是说**他们**多么难过，这种情况通常出现在他们要我签名之前。但是他们希望你难过。他们希望你痛哭流涕，希望你整天穿着黑色衣服，喝得大醉或者吸毒。他们会说：

"哦，太遗憾了。但是你知道她怎么了吗——"
等等。

但难过是人类情感的附着物。这是你弄洒了咖啡
或者和朋友们一起打保龄球却投了个落沟球时说的话。
真正的悲伤和真爱一样罕见。汤米死了，但我现在已
经不再难过了。他就像我曾经做过的白日梦。你可能
会认为这很残忍，但舞会之夜之后，发生了太多事情，
过去的事就如流水一般消逝。我也不为我在面对怀特
委员会时说的话而难过。我把我所知道的事实都说了
出来。

但我为嘉丽感到难过。

他们把她忘了，你知道。他们把她变成了某种符
号，却忘记了她是一个人，就和正在看这本书的你们
一样，有希望，有梦想……我想我跟你们说这些也没
有什么用，现在无论做什么都无法把她从报纸上的片
面描述重新变成一个活生生的人。但她曾经是鲜活的，
也真的受到了伤害，比我们所了解的都要深。

所以我很难过，我希望参加舞会能对她有好处。
在那件恐怖的事开始之前，我一直希望它是美妙的、
神奇的、充满魔力的……

汤米把车停在学校新侧楼旁的停车场，让发动机转了一会
儿，才把它关掉。嘉丽坐在座位的另一边，手拽着肩膀上的披
肩。她突然觉得自己好像生活在一个怀着各种隐秘企图的梦里，
并且刚刚才意识到这一点。她能怎么办呢？她把妈妈留在家

里了。

"紧张吗？"他问，她吓了一跳。

"是的。"

他笑着走了出来。她正要打开车门，他就为她打开了。"别紧张，"他说，"你和加拉忒亚很像。"

"谁？"

"加拉忒亚。我们在埃弗斯先生的课上读过她的故事。她从一个苦工变成了一个美丽的女人，居然没有人认出她来。"

她想了一会儿。"我希望他们能认出我。"她最后说。

"我明白。走吧。"

乔治·道森和弗里达·杰森站在可乐售卖机旁。弗里达穿着橙色的薄纱裙子，看上去有点像低音大喇叭。唐娜·锡伯杜和大卫·布莱肯一起在门口检票。他们都是全国优等生协会的成员，是吉尔小姐的私人盖世太保，她们穿着白色宽松裤和红色外套——这是学校的标志色。蒂娜·布莱克和诺玛·沃森正在分发节目单，并根据座位表安排观众入座。她俩都穿着黑衣服，嘉丽想她们肯定觉得自己很时髦，但在她看来，她们就像老掉牙的黑帮电影里的香烟女郎。

汤米和嘉丽走进去的时候，所有的人都转过头看他们，有那么一阵子，房间陷入了一阵僵硬尴尬的沉默。嘉丽想舔一下嘴唇，但她克制住了。然后乔治·道森说：

"天哪，你看起来怪怪的，罗斯。"

汤米笑了。"你什么时候从树上爬下来的，奔巴？"

道森举起拳头，向他们靠近，嘉丽感到十分害怕。她正处于极度紧张的状态，差点把乔治拎起来扔到大厅对面，随后她意识到这是他们都喜欢玩的一个游戏。

他们两个人绕着圈子互相出拳。乔治的肋骨上挨了两拳，恼羞成怒地喊道："杀死这些坏蛋！打死这些外国佬！尖竹棒！老虎笼子！"汤米放松了防卫，大笑了起来。

"别害怕，"弗里达说着，歪着她那拆信刀似的鼻子，走了过来，"如果他们打起来，我来和你跳舞。"

"他们看起来太蠢了，杀不了人，"嘉丽壮着胆子说，"就像恐龙一样。"弗里达咧嘴一笑时，她感到内心深处某些陈旧生锈的东西松动了。随之而来的是温暖……解脱，还有轻松。

"你在哪儿买的裙子？"弗里达问道，"我好喜欢啊。"

"我自己做的。"

"自己做的？"弗里达睁大了眼睛，毫不掩饰她的惊讶之情，"你不是在逗我吧！"

嘉丽感到自己涨红了脸。"是的，我自己做的。我……我喜欢缝纫。我在韦斯托弗的约翰商店买的布料。这个款式真的很简单。"

"走吧，"乔治对所有的人说，"乐队表演要开始了。"他转了转眼珠，做了几个灵活又略带嘲弄的踢踏舞动作。"来吧，来吧，来吧，跟着我们最爱的节奏跳起来吧。"

当他们走进去的时候，乔治在模仿闪电男孩鲍比·皮科特，做着鬼脸，嘉丽在和弗里达讲她的衣服，汤米笑着，双手插在口袋里。如果苏在，会告诉他这样会弄皱他的裤子线条，但是管他呢，一切都很不错。到目前为止一切都很好。

他、乔治和弗里达只剩下不到两个小时可活了。

摘自《潜能爆发》第 132 页：

怀特委员会认为整个事件的导火索是舞台上方横梁上的两桶猪血，这一论断似乎不太站得住脚，即使考虑了仅有的事实证据也不能改变这一点。如果人们选择相信来自诺兰最亲密朋友的间接证据（说句不好听的话，他们似乎还没有聪明到可以编造一个毫无漏洞的谎言），那么诺兰应该是完全摆脱了克莉丝·哈根森的控制，自己主动实施了阴谋的这一部分……

他开车时不爱说话；他喜欢开车。驾驶汽车给了他一种任何东西都无法匹及的力量感，即使上床也不行。

道路像黑白照片一样在他们面前延伸，车速表颤动了一下，显示着速度刚到七十英里。比利来自一个破碎的家庭。他十二岁的时候，他父亲的加油站因经营不善而破产，之后他父亲便离开了他们。他母亲后来至少有过四任男朋友，现在和布鲁西打得火热。那家伙嗜酒如命，成天喝着施格兰七王冠威士忌。她的身材也已经走样，整个人看起来像个水桶了。

只有汽车以其自身神秘的力量赐予比利力量和荣耀，使他成为一个不容小觑的人，一个有魅力的人。这也是为什么他喜欢在汽车后座和女孩子厮混。汽车是他的奴隶，也是他的上帝。它可以给予，也可以带走他糟糕的心情。比利有过很多次这种经历。在母亲和布鲁西吵架的不眠之夜，比利会带着爆米花，开着车去追逐流浪狗。有些早晨，他会关闭引擎，让车滑进他在屋后建的车库里，前保险杠上还滴着血。

她现在很了解他的习惯，也不再费心去和他说话，反正他也不会理她。她盘着一条腿坐在他旁边，啃着指关节。302号公路上飞驰而过的汽车灯光温柔地洒在她的头发上，仿佛披了一层银光。

他想知道她还能这样陪他多久。也许今晚之后就没多久了。一切都引向今天，即使刚开始的时候也是这样。当这件事结束的时候，将他们连接在一起的黏合剂就会变得很微弱，甚至会消失，只剩下他们去思考一开始是什么让他们走到了一起。他觉得她在他心里会开始变得不那么像女神，而更接近一个世故的女人，这让他想用鞭子抽她几下，或者抽得更狠一些，打扁她的鼻子。

他们到达了砖厂山顶，下面就是高中校舍，停车场里停满了宽敞的、闪亮的"爸爸"车。他感到一阵熟悉的厌恶和憎恨感涌上了他的心头。我们马上就给他们

（一个值得回忆的夜晚）

一个"惊喜"。等着瞧吧。

教学楼侧楼漆黑寂静，空无一人；大厅里亮着惯常的黄色灯光，体育馆东侧的一排玻璃闪烁着柔和的橙色光芒，朦朦胧胧的，如同鬼魂萦绕。他心头又涌起了苦涩的滋味，又有了想扔石头的冲动。

"我看见灯了，我看见晚会的灯光了。"他喃喃地说。

"嗯？"她从沉思中惊醒，猛地转过身来看着他。

"没什么，"他摸了摸她的后颈，"我想我会让你来拽那根绳子。"

比利全都是自己干的，他很清楚不能相信任何人。这是一

个惨痛的教训，比在学校里学到的要惨痛得多，但他学得很好。头天晚上和他一起去亨提家的男孩们甚至不知道他要这些猪血干什么。他们怀疑克莉丝可能也牵涉其中，但他们也无法确定这一点。

他在周五凌晨开车来到学校，并且在学校外转了两圈，终于确定学校里没有人，张伯伦镇上的两辆警车也不在附近。

他关掉车灯，将车驶进了停车场，又转到了教学楼的后面。旁边的足球场在一层薄薄的地面雾气的笼罩下闪着微光。

他打开后备厢，掀开冰柜盖。血已经凝固了，不过没关系，接下来的二十二个小时足够它溶化了。

他把水桶放在地上，然后从工具箱里拿了几件工具，塞进后兜，然后从座位上抓起一个棕色的袋子，里面的螺丝钉发出叮当响声。

他淡定地做着手头的事情，从容专注，仿佛没有什么东西能够干扰到他。即将举行舞会的体育馆平时也用作学校礼堂，他停车的地方正对着后台储物区的一排窗户。

他选择了一个一端为铲状的扁平工具，把它插入窗户上下窗格之间的小缝隙里。这个工具很好用，是他自己在张伯伦金属店里做的。他摆弄了一会儿，窗户的锁松开了。他把窗户推上去，人滑了进去。

里面很黑，戏剧俱乐部的帆布背景散发出一股旧油漆味儿。乐队的乐谱架和乐器箱摆在那里，黯淡的影子像哨兵一样站在四周。一个角落里放着唐纳先生的钢琴。

比利从包里拿出一个小手电筒，踩着红色天鹅绒帷幔，向舞台走去。画着篮球线的体育馆地板漆得很亮，像琥珀色的环礁湖一样在他眼前闪闪发光。他用手电筒照了照帷幔前的舞台口。那里，有人用粉笔模糊地画出了国王和王后宝座的轮廓，第二天它们就要被放置在此。然后整个舞台口会撒满纸花……只有上帝知道为什么要这么干。

他仰起脖子，让手电筒的光束照进头顶的阴影里，顶上的钢梁在阴影中纵横交错。舞池上方的大梁都已经裹上了绉纸，但舞台口上方的区域没有。一道短小的拉幕遮住了上面的大梁，从体育馆那边看不见它们。拉幕后还隐藏着一排灯，到时候这些灯光将照亮贡多拉壁画。

比利关掉手电筒，走到舞台口的左边，爬上钉在墙上的钢梯。为了安全起见，他把棕色小包塞进衬衫里，里面的螺丝钉在空荡荡的体育馆里发出一阵欢快的叮当声，显得十分怪异和空洞。

梯子顶部是一个小平台。这会儿，他站在那里俯视着舞台口，舞台吊景区在他的右手边，体育馆篮球场在他的左手边。舞台上方的布景间里存放着戏剧俱乐部的道具，其中一些道具还是本世纪二十年代的东西。一个在爱伦·坡的戏剧《渡鸦》的某个古代版本中使用过的雅典娜半身像，正从一个生锈的弹簧床垫上，用那双瞎了的眼睛无神地盯着比利。正前方，一根钢梁横悬在舞台口正上方，用来照亮壁画的灯就固定在它底部。

他跨上钢梁，毫不费力地走到上面，毫不害怕会掉下去，嘴里低声哼着一支流行歌曲。横梁上的灰尘有一英寸①厚，他的脚步在上面留下了一串长长的痕迹。走到一半时，他停了下

———————

① 1 英寸 =2.54 厘米。

来，双膝跪在横梁上，向下看去。

很好。在手电筒的灯光下，他能看清舞台口画着的粉笔线就在正下方。他无声地吹了一下口哨。

（炸弹来咯）

他在尘土中找准了位置，并做个"X"记号，然后沿着横梁走回了平台。从现在到舞会开始的这段时间里，不会有人上来的；照在壁画上和舞台上国王和王后加冕位置的灯光

（他们会顺利加冕）

是从后台的一个包厢控制的。如果有人从正下方往上看，会被灯光照得睁不开眼。只有当什么人爬上梯子，到布景间来取东西，才会发现他的布置。但他觉得不会有人上来，这点风险可以接受。

他打开棕色袋子，拿出一副倍儿乐橡胶手套戴上，然后又拿出昨天买的两个小滑轮中的一个。安全起见，他是特意去路易斯顿的一家五金店里买的。他嘴里叼了几颗钉子，像叼香烟一样，然后拿起锤子。他虽然嘴里叼着钉子，却还是边哼着小曲儿，边熟练地把滑轮固定在平台上方一英尺的角落里。在滑轮边上，他又上了一个小孔螺丝。

他走下梯子，穿过后台，又沿着离他进来的地方不远处的另一个梯子爬上了阁楼——这里是学校堆放杂物的地方，成堆的旧年鉴，蛀了的运动服，还有老鼠啃过的旧课本。

向左看去，手电筒照向舞台上的布景间，照到了他刚刚固定好的滑轮。右边，冰凉的夜风从墙上的通风口吹到他脸上。他依然哼着小曲儿，拿出第二个滑轮，把它固定好。

干完后，他爬下梯子，从窗户钻出去，拎起两桶猪血。他

已经干了半个小时了，但猪血丝毫没有溶化的迹象。他拎起水桶，走回窗前，黑暗中他的侧影就像是一个刚挤奶回来的农夫。他把桶提了进去，跟着自己也爬了进去。

他每只手各提着一只水桶来平衡，这样走在横梁上更容易了。走到灰尘上的"X"记号时，他放下水桶，又向下看了看舞台口上的粉笔记号，点点头，又走回平台上。他曾想过最后一次走出去的时候把桶擦干净——肯尼的指纹会在桶上，唐和史蒂夫的也会在上面——但是不擦更好。也许周六早上他们会有个小惊喜。想到这里，他得意地咧了一下嘴角。

袋子里的最后一件东西是一卷黄麻线。他再次走到桶边，在两个桶的提手上都打了活结。他把绳子一端穿过螺丝，然后是滑轮。之后他把展开的绳子扔到阁楼上，穿过另一个滑轮。在满是积灰的、昏暗的礼堂里，空气中弥漫的灰尘落在他乱糟糟的头发上，此刻的他看起来就像是弯腰驼背的、半疯半傻的鲁布·戈德堡 ①，执意要做出一个更好的老鼠夹子；如果他知道这一点，可能不会很高兴。

他把绳子松松地扔在一堆板条箱上，这样他从通风口就可以够得到绳子了。他最后一次爬下来，掸去手上的灰尘。搞定！

他朝窗外看了一眼，然后扭着身子钻了出去，跳到地上。关上窗户，重新插进撬棍，尽可能地把窗户锁拨回去，然后回到车里。

克莉丝说汤米·罗斯和怀特那个婊子很有可能会是桶下面的那一对，她一直在她的朋友中间悄悄鼓动这件事。如果真是

---

① 鲁布·戈德堡（1883—1970），美国漫画家、雕刻家、发明家。

这样，那就太好了。但是，对比利来说，桶下是谁都无所谓。

他开始想，如果桶下的是克莉丝本人也不错。

他开车离开了。

摘自《我的名字叫苏珊·斯涅尔》第48页：

舞会的前一天，嘉丽去找汤米。她在他的教室外面等着，他说她看起来很可怜，好像她以为汤米会对她大喊大叫，叫她别在他附近晃悠，别再烦他。

她说她最迟得在十一点三十分以前回家，否则妈妈会担心。她说她不是想破坏他的兴致什么的，但也不应该让妈妈担心。

汤米提议他们在舞会结束后可以去凯利水果店喝杯根汁汽水，吃个汉堡。其他的孩子大多会去韦斯多弗或路易斯顿，这样凯利水果店就属于他们俩了。嘉丽的脸瞬间绽放出了光彩，他说。她告诉他那很好。真的很好。

这就是他们一直称为怪物的女孩。我希望你们牢牢记住这一点。这个女孩，在她唯一参加的一次学校舞会后，为了不让妈妈担心，只要一个汉堡和一杯十美分的根汁汽水就心满意足了……

当他们走进去时，嘉丽的第一个感受就是魅力。美丽十分，魅力十足。女孩们穿着各种精致的蕾丝、雪纺或丝绸裙子，走动之间，衣物发出沙沙声。空气中弥漫着花香；呼吸之间，身心舒畅。穿着露背高腰连衣裙和衬出乳沟的紧身胸衣的女孩们。

长裙，高跟鞋，白得耀眼的晚礼服，装饰腰带，还有擦得锃亮的黑皮鞋。

舞池里有几个人，还不是很多，在柔和幽暗的舞池中，他们就像是没有肉体的幻影。她并不想把他们看作她的同学，她希望他们是美丽的陌生人。

汤米的手有力地扶着她的胳膊。"壁画很美。"他说。

"是的。"她有些眩晕地附和着。

壁画里，橘黄色的光斑下方是柔和的暗光，船夫如往常一般懒洋洋地靠在船舵上，落日的余晖如同火焰燃烧一般辉煌，建筑物的倒影在水面上搅成一团。那一刹那，她突然觉得，这一刻将永远与她同在，这幅画面也将永远存在她的脑海里。

她怀疑他们是否也有和她一样的感觉——他们都是见过大场面的人，但当他们看着这幅画的时候，即使是乔治也安静了下来。这场景、这味道，甚至是乐队演奏的似曾相识的电影主题曲，都将永远地刻在她的心里，她释然了。此刻她的内心感到了安静、祥和，仿佛是被熨斗熨烫过的那样平整、光滑。

"跳起来吧!"乔治突然叫道，带着弗里达进了舞池。他开始随着这怀旧音乐跳起了吉特巴舞，有人向他发出嘘声。乔治嘴里嘟囔着，抛着媚眼，双臂交叠，做了一个简短的哥萨克式经典动作，却差点摔了一跤。

嘉丽笑出了声。"乔治可真逗。"她说。

"当然。他是个好人。这里还有很多好人。想坐下吗?"

"好。"她感激地说道。

他走到门口，把诺玛·沃森带了回来。为了今天的这个舞会，她特意做了一个巨大的爆炸头。

"座位在**另一边**，"诺玛说，诺玛那沙鼠般明亮的眼睛打量着嘉丽，想看看她身上有没有露出来的肩带、凸起的青春痘或者任何稍后可以去门口和别人取笑她的谈资，"这衣服**真漂亮**，嘉丽。你从哪儿弄来的？"

嘉丽告诉她这是她自己做的，他们跟着诺玛绕过舞池，来到他们自己的桌旁。诺玛身上散发着雅芳香皂、伍尔沃斯香水和橘滋口香糖的香味。

桌子上有两把折叠椅（当然也用绉纸装饰起来了），桌子上也铺着学校标志色的绉纸。上面放着一个插着蜡烛的酒瓶、一张舞蹈节目单，一支小小的镀金铅笔，还有两件派对小礼物——园丁牌混合坚果，装在两艘贡多拉里。

"真是难以置信，"诺玛说，"你和之前**太**不一样了。"她偷偷瞥了嘉丽一眼，这让嘉丽有些紧张。"你今天简直是**光彩照人**，你有什么**秘诀**吗？"

"我是唐·麦克林① 的秘密情人。"嘉丽说。汤米笑出了声，马上又绷住了。诺玛的笑容暂停了一下，嘉丽有点惊讶自己也可以这样机智……和胆大。原来这才是别人开你玩笑时你的样子，就像被蜜蜂蜇了一下屁股。嘉丽心想她喜欢看诺玛这样，这显然很不符合基督教教义。

"嗯，我得回去了，"诺玛说，"这是不是很**刺激**，汤米？"她的微笑里满是同情：这样不是很刺激吗，要是……？

"我身上的冷汗都要流成河了。"汤米表情有点严肃。

诺玛带着古怪的笑容，一头雾水地走开了。事情并没有按

---

① 唐·麦克林（1945— ），出生于美国纽约的民歌歌手。

照预期的方向发展，所有人都知道嘉丽应该是什么样的。汤米又偷笑了起来。"你想跳舞吗？"他问道。

她不会跳，但现在还不想承认："我们坐一会儿吧。"

他为她把椅子拉出来的时候，她看到桌子上有蜡烛，就问他能不能把蜡烛点亮。他照做了。他们的眼神在火苗上方相遇。他伸手握住了她的手。乐队继续演奏着。

　　摘自《潜能爆发》第 133—134 页：

　　也许有一天，当对嘉丽的研究更学术化的时候，人们会开始着手全面研究嘉丽的母亲。我本人或许会尝试做此研究，哪怕仅仅是为了了解布里格姆家的谱系。了解他们祖上两辈或三辈人身上可能发生的奇怪事件，这非常有意思。

　　当然，众所周知嘉丽在舞会之夜的当晚回过家。她为什么要回家呢？很难确定嘉丽当时的动机有多理智。也许她只是为了乞求赦免和宽恕，又或许是明确地为了实现弑母计划。无论是哪种假设，物证似乎都表明了玛格丽特·怀特在等她回家……

屋子里一片寂静。

她走了。

在晚上。

走了。

玛格丽特·怀特从卧室慢慢走进客厅。最早的征兆是流血和魔鬼带来的肮脏幻想，然后是魔鬼赋予她的这种地狱般的力量。当然，它是在流血和体毛生长的时候出现的。哦，她知道这种魔鬼的力量，她外祖母也有这种力量。外祖母坐在窗边的摇椅上，不用挪动一下，就能把壁炉的火点燃。外祖母的眼睛里因此而闪着

（不可容巫婆活着）

一种女巫的光芒。有时，在晚餐桌上，糖碗会像跳旋转舞的苦行僧一样疯狂转起来。每当这种事发生时，外祖母就会疯狂地咯咯大笑，口水流下来，四周笼罩着恶毒的诅咒。有时外祖母会像大热天的狗一样大口喘气。外祖母六十六岁时死于心脏病发作，那个时候她的年龄还不算太老，头脑却已经衰老得和白痴一样了，当时嘉丽还不满一周岁。外祖母下葬还不到四周时，玛格丽特有次走进卧室，看见自己的女儿躺在婴儿床上，看着头顶上方漂浮着的奶瓶，咯咯地笑着。

玛格丽特当时差点要掐死她，但拉尔夫拦住了她。

她不该让他拦住自己的。

现在玛格丽特·怀特站在客厅中间，钉在十字架上的基督用他受伤的、痛苦的、责备的眼神俯视着她。黑森林布谷鸟钟滴答滴答地走着，现在是八点十分了。

她能够感觉到，真真切切地**感觉**到，嘉丽身体里的邪恶力量。它爬到你的身上，像小手指一样拉扯你。嘉丽三岁时，她发现她在隔壁院子里罪恶地注视着那个可恶的荡妇，她决定要再次履行她的职责。但这时石头雨从天而降，她害怕了。十三年后，这种魔鬼的力量又卷土重来。上帝不会被欺骗。

先是血，然后是力量，

（你签下你的名字用血签字）

现在又是男孩又是跳舞，之后他会带她去一个小旅馆，带她去停车场，带她去汽车后座上，带她……

血，新鲜的血。血是一切问题的根源，也只有血才能赎罪。

她身材高大，上臂粗壮，衬得胳膊肘现出了深深的酒窝，但她那结实的、青筋毕露的脖子上却长着一颗小得出奇的脑袋。这张脸曾经美丽，现在它仍然以一种奇怪而热切的方式美丽着。她的眼睛里有着一种奇怪的、飘忽不定的神情，她那总是紧闭却又无力的嘴巴周围布满了深深的皱纹。一年前她还满头黑发，现在几乎全白了。

消灭罪恶，消灭真正的黑暗罪恶的唯一方法是，把它浸在一颗忏悔的心

（她必须牺牲）

的血中溺死。上帝当然知道这一点，所以他把责任交给了她。不是上帝亲自命令亚伯拉罕带他儿子以撒上山的吗①？

她拖着她那又旧又破的拖鞋，走进厨房，打开了放厨具的抽屉。他们用来切肉的刀又长又尖，刀子中间因多次打磨而呈拱形。她坐在餐柜边的高脚凳上，在一个小铝盘里找到了一块薄磨刀石，用承受地狱之苦的人的冷漠眼神，专注地磨着闪闪发亮的刀刃。

黑森林布谷鸟时钟滴答滴答地走着，最后那只鸟跳出来，叫了一声，报时八点半整。

她嘴里突然弥漫着一股橄榄的味道。

---

① 《圣经·创世记》中上帝为试验亚伯拉罕，要他带自己的独生子上山献祭。

一九七九年毕业舞会

一九七九年五月二十七日

伴奏：比利·博斯南乐队

乔西和月光乐队

节目

《卡巴莱》——桑德拉·斯坦奇菲尔德表演仪棒舞

《五百英里路》

《柠檬树》

《铃鼓先生》

约翰·史怀森和莫林·考恩献唱民谣

《你居住的街》

《雨滴落在我头上》

《多难之桥》

埃文高中合唱队

监护老师

斯蒂芬斯先生、吉尔小姐、卢布林先生和夫人、德雅尔丹小姐

加冕仪式：晚上十点

记住，这是你们的舞会；让它成为你们永远的记忆！

当他第三次邀请她时，嘉丽不得不坦白自己其实不会跳舞。她没说的是，因为摇滚乐队开始下面半个小时的演奏了，她觉得在舞池里扭动很不自在，

（是有罪的）

是的，而且是有罪的。

汤米点点头，笑了。他往前探了下身子，告诉她，他也讨厌跳舞。她想四处走走，看下其他的桌子吗？恐惧让她喉咙发紧，但还是点了点头。是的，那太好了。他在照顾她的感受，她也必须照顾他的（即使他并不要求她的回报）；这是约定的一部分。她觉得自己完全被这晚的魔力迷住了。她突然觉得可能不会再有人故意伸出脚绊她，或者偷偷地在她背上贴一个写有"狠狠踢我"的字条，或者拿一朵康乃馨往她脸上甩水，然后在众人的哄笑和指指点点中大笑着跑开。

如果说有什么魔力，那也不是来自神，而是来自异端的，

（妈妈放开你的束缚我长大了）

她也愿意那样。

"看。"他们站起来时，他说。

两三个舞台工作人员正把国王和王后的宝座从两侧推出来，保安总管拉弗瓦先生正用手指挥他们，把宝座放到舞台上预先设定的地方。她觉得那些宝座看上去很有亚瑟王的风格，周身闪着耀眼的白光，上面撒满了鲜花，披着大幅的绉旗。

"它们真漂亮。"她说。

"**你**才漂亮。"汤米说，她开始觉得今晚应该不会发生什么坏事——也许他们自己甚至会被选为舞会的国王和王后。她笑了笑自己的傻气。

已经九点了。

"嘉丽？"一个声音犹豫地叫她。

她正全神贯注地看着乐队、舞池和其他桌子，根本没注意到有人来了。汤米去取饮料了。

她转过身来，看见了德雅尔丹小姐。

那一瞬间，她们只是注视着彼此，只有回忆在她们之间流转着，

（她看见我了她看见我赤身裸体浑身是血地尖叫）

没有言语，也没有思想的沟通。一切都在注视里。

然后嘉丽羞怯地说："你看上去真漂亮，德雅尔丹小姐。"

她真的很美。她穿着一条银色紧身连衣裙，与她盘起的金发相得益彰，脖子上戴着一条款式简约的项链。她看上去很年轻，年轻得足以参加舞会而不是做舞会的监督老师。

"谢谢你。"她犹豫了一下，然后把戴着手套的手搭在嘉丽胳膊上。"你也很漂亮。"她说，并有意加重每一个字。

嘉丽觉得自己的脸又红了，于是垂下眼睛看着桌子："谢谢你这样说。我知道这不是……不是真的……不过还是要谢谢你。"

"是真的，"德雅尔丹说，"嘉丽，以前发生的事……唉，都忘了吧。我想让你知道这一点。"

"我忘不了。"嘉丽说。她抬起头来。溜到她嘴边的话是：我不再责怪任何人了。但她没说出口，那是谎言。她责怪他们所有人并且会一直怪下去，而她现在不想说谎。"但一切都结束了。现在一切都结束了。"

德雅尔丹小姐微微一笑，她的眼睛里泛着水光，和柔和的灯光融在了一起。她朝对面的舞池望去，嘉丽也顺着她的目光望去。

"我想到了我自己的毕业舞会，"德雅尔丹轻声说，"我穿着高跟鞋，比我的舞伴高了两英寸。他送我的那束胸花，跟我的

礼服一点儿都不搭。他车上的排气管坏了，发动机也发出……哦，那声音真的很难听。但那个晚上很神奇，就好像有一种魔力。我不知道为什么，但我之后再没有过那样的约会，再没有。"她看着嘉丽。"你也有这种感觉吗？"

"我觉得舞会很好。"嘉丽说。

"就这些吗？"

"不。还有些其他的。我说不上来，对谁都说不清。"

德雅尔丹笑了下，捏了捏她的胳膊。"你永远都不会忘记它，"她说，"永远不会。"

"你说得对。"

"玩得开心，嘉丽。"

"谢谢。"

汤米端着两杯果汁汽水回来时，德雅尔丹刚离开。她绕过舞池，向监督老师的座位走去。

"她来做什么？"他问道，小心翼翼地放下饮料。

嘉丽看着她的背影，说："我想她是想说对不起。"

苏·斯涅尔静静地坐在自己家的客厅里，一边缝着裙子的褶边，一边听着杰弗逊飞机乐队的《高个子约翰·西尔弗》专辑。这是一张老唱片，上面布满划痕，但这歌声让她很安心。

她父母晚上外出了。她很肯定他们知道发生的一切，但他们并没有唠唠叨叨地说他们多为**自己的女儿**自豪，或者他们有多么高兴女儿终于**长大**了。她很高兴他们决定让她一个人待着，因为她想到自己的动机仍然觉得很不安，害怕自己过于深入地审视它们，会发现一颗名为自私的宝石在她潜意识那高贵的黑色天鹅绒上闪闪发光，并对她眨着眼睛。

她已经做了；这就足够了；她很满意。

（也许他会爱上她）

她好像听到走廊里有人在说话，就抬起头望了望，嘴角划过一丝惊讶。那会是一个童话般的结局，真不错。王子俯下身去，吻了吻睡美人的嘴唇。

苏，我不知道该怎么跟你说，但是……

笑容消失了。

她这个月的月经还没来。已经晚了一周了，而以前它就像年历一样准时。

换唱片器咔嗒一声响了；另一张唱片换了上去。在这突然、短暂的寂静中，她感觉到自己心里有什么东西不一样了，也许只是她的灵魂。

九点十五分了。

比利把车开到停车场的另一头，停在一个车位上，它正对着通向高速公路的沥青斜坡。克莉丝正要下车时，比利猛地一下把她拉了回来。他的眼睛在黑暗中闪着凶光。

"干什么？"她的声音里带着愤怒和紧张。

"他们会用麦克风来宣布舞会国王和王后的名单，"他说，"然后一支乐队会演奏校歌。音乐声响起的时候，他们就坐在王座上了，正中目标。"

"这些我都知道。放开我的手，你弄疼我了！"

他反而更使劲地捏住她的手腕，感到她纤细的骨头嘎吱作响，这给了他一种变态的快感。不过，她并没有叫出声来，算个有种的娘们。

"听着，你得明白一会儿会发生什么。校歌一响，你就拉绳子，使劲拉。滑轮之间的绳子有点松，但就那么一段。你拉着绳子，感觉到那些水桶摇动的时候，就赶紧溜。不要留在那儿等着听尖叫声或者其他什么，这可不是闹着玩的。这是犯法，懂吗？他们不会罚你款，但是会把你扔进监狱，让你坐牢。"

这对他来说，已经是长篇大论了。

她只是瞪着他，眼里充满不屑和愤怒。

"明白了吗？"

"明白了。"

"行了。水桶一动，我就会跑。我一上车，就会把车开走。你要是到了，就一起走。要是没有，我就不管你，自己走了。但如果你走漏一点风声，我会杀了你灭口。你信不信？"

"信。你他妈的松手。"

他照做了，脸上不禁露出一丝阴笑。"放心，一切都会如愿的。"

他们下了车。

快九点半了。

毕业班主席维克·穆尼愉快地对着麦克风喊道："女士们，先生们，请就坐。我们马上要开始投票选出舞会的国王和王后了。"

"这个选举是对女性的侮辱！"迈拉·克鲁埃斯不自在地喊了一声，她听上去并无恶意。

"这也是对男人的侮辱！"乔治·道森喊了回去，大家都笑成了一团。迈拉没有反驳，她已经做出了她标志性的抗议。

"大家请就坐！"维克对着麦克风说道，他笑容可掬，面色绯红，用手指摸着下巴上的一粒青春痘。身后那个高大的威尼斯船夫透过他的肩膀梦幻般地看向前方。"投票开始。"

嘉丽和汤米坐了下来。蒂娜·布莱克和诺玛·沃森正在分发油印选票，诺玛把一张票扔到他们的桌子上，低声说了一句"祝好运"。嘉丽拿起选票仔细地看了起来，她突然张大了嘴巴。

"汤米，我们的名字也在上面！"

"是的，我看到了，"他说，"学校会选出单个的候选人，他们的舞伴也就顺带被选上了。欢迎上贼船，我们要拒绝参选吗？"

她咬着嘴唇看着他。"你想拒绝吗？"

"不，为什么要拒绝呢？"他兴奋地说道，"你要是被选上了，你要做的只是坐在上面听一曲校歌，看大家跳一支舞，挥动着你的权杖，看着就他妈的像个白痴。他们会把你的照片放在年鉴上，这样大家就都能看到你那副傻样了。"

"那我们投谁呢？"她犹豫地看了看选票，又看了看那船坚果旁边的细铅笔。"他们是你的朋友，不是我的，"她突然轻笑了一下，"事实上，我没有一个真正的朋友。"

他耸了耸肩。"那我们就投自己，让那些虚伪的谦虚见鬼去吧。"

她大声笑起来，又马上用手捂住嘴。这笑声对她来说几乎是完全陌生的。她想都没想，就把第三排自己和汤米的名字圈了出来。细铅笔在她手里断了，她吸了一口气，一根木刺划破了她的手指，一滴血冒了出来。

"你受伤了？"

"没有。"她笑了一下，但突然又笑不出来了。看见血破坏了她的好心情，她用餐巾把它摁掉了。"但我把铅笔弄断了，这可是个纪念品。我真笨。"

"你还有艘船呢，"他说着把船推到了她面前，"呜呜。"她的喉咙哽咽了，她觉得自己肯定会哭出来，那太难为情了。但她忍住了，她的眼睛像棱镜一样闪着微光，她低下头，不愿让他看见。

优等生协会的引导员来收折起的选票时，乐队正演奏着悦耳的填场音乐。他们把票送到门口的监督老师那儿，维克、斯蒂芬斯先生和卢布林先生与夫人负责计票，吉尔小姐则用她尖锐的目光监票。

嘉丽感到一种无法驾驭的紧张感在体内滋生，她的腹部和背部肌肉都不自觉地绷紧了。她紧紧地抓着汤米的手。当然，这很荒谬，没人会选他们。种马也许会被选上，但绝不会是和母牛套在一起的种马。可能是弗兰克和杰西卡，也可能是唐·法纳姆和海伦·谢尔斯。或者是——见鬼去吧！

有两堆选票比其他的都多。斯蒂芬斯先生分完选票之后，他们四个人开始依次清点票数差不多的两摞选票，这两摞看起来数量相当。他们凑在一起，商量了一会儿，又数了一遍。斯蒂芬斯先生点了点头，像是要发牌一样又把选票数了一遍，然后把选票交还给了维克。维克重新登上舞台，走到麦克风前面。比利·博斯南乐队吹了一段花彩号声。维克紧张地干笑了一下，对着麦克风呼了一口气，被麦克风突然发出的嚣音吓了一跳，差点把选票掉到满是粗电线的地板上，有人偷笑了起来。

"我们遇到点麻烦，"维克直截了当地说，"卢布林先生说，这是春季舞会史上第一次……"

"从什么时候开始?"汤米身后的一个人抱怨道，"一八〇〇年?"

"我们有两组票数相同。"

人群开始窃窃私语起来。"波点的还是条纹的①?"乔治·道森喊道，大家哄笑起来。维克紧张地笑了一下，差点又把选票掉了。

"弗兰克·格里尔和杰西卡·麦克林得了六十三票，托马斯·罗斯和嘉丽·怀特也得了六十三票。"

听到这句话，大家瞬间沉默了一会儿，然后突然爆发出一阵热烈的掌声。汤米看着他的约会对象。她低着头，好像很害羞，但他突然有一种感觉

（嘉丽嘉丽嘉丽）

和他邀请她参加舞会时的感觉很相似。他脑子里好像有什么外来的东西在异动，心底有个声音一直在叫着嘉丽的名字。就好像……

"注意!"维克喊道。"请大家听我说，"掌声平息了，"我们将进行第二轮投票。拿到纸条的时候，请大家把自己想选的那对的名字写上去。"

他走下了台，看上去如释重负。

选票发了下去；它们是从多余的舞会节目单上仓促撕下的。乐队继续在演奏，但没人在听，大家都在兴奋地交谈着。

"他们不是在为我们鼓掌，"嘉丽抬起头说，刚刚她所感觉

---

① tie 在英语中有"平局"的意思，也有领带的意思。

到的（或者是他自以为感觉到的）东西消失了，"不可能是为我们。"

"也许是为你。"

她看着他，一言不发。

"怎么这么久？"她不耐烦地对他说道，"我听到他们已经在拍手了，也许已经定了。你要是搞错了……"一截软趴趴的黄麻绳耷拉在他俩之间；比利把螺丝刀插进通风口，把它勾出来之后，就没碰过它。

"别担心，"他平静地说，"他们会奏校歌的，一直都是这样。"

"但是……"

"闭嘴。你他妈的话太多了。"他的烟头在黑暗中静静地闪着光。

她闭上了嘴。但

（哦完事之后我会给你点儿颜色看看哥们说不定今天晚上你就别想碰我一根指头）

她恨恨地想着他的话，并暗暗记了下来。还没有人敢这样和她说过话。她爸爸可是律师。

还有七分钟就十点了。

他捏着那支断了的铅笔，正准备写字，这时她犹豫着轻轻碰了一下他的手腕。

"不要……"

"什么？"

"别投我们。"她终于说道。

他疑惑地皱了皱眉。"为什么不呢？一不做，二不休，既然做了，那就做到底。这是我妈妈的口头禅。"

（母亲）

她的脑海中立刻浮现出一幅画面，她的母亲对着一个高大的、面容模糊的柱子似的上帝低声祈祷个没完，上帝则擎着一把火剑在小旅馆的停车场搜寻着。恐惧瞬间涌上她的心头，她竭尽全力压制着它。她无法解释自己的恐惧和预感，只能无助地一笑，重复道："求你，不要。"

优等生协会的引导员又来收集填好的选票了。汤米犹豫了一会儿，然后突然在那张破纸上潦草地写上了汤米和嘉丽。"为了你，"他说，"今晚你是女王。"

她说不出话，因为她有一种不祥的预感：她看到了母亲的脸。

刀子从磨刀石上滑下来，刹那间就在她大拇指下方的手掌心上划了一道口子。

她看了看伤口。黏稠的血从张开的伤口慢慢流出，然后从手上滴下去，落在厨房地板的旧油毡上，洒下斑斑血迹。好，很好，刀刃尝到了肉的滋味，让血流了出来。她没有包扎伤口，而是由着血流在刀刃上，让血模糊了刀刃锋利的光芒。然后她又开始磨刀，丝毫不顾血溅上了自己的裙子。

若是你的右眼叫你跌倒，就剜出来丢掉。

就算它是一则严厉的戒律，它也是甜美和正义的。对于那些躲藏在小旅馆的阴暗走廊里和保龄球馆后面杂草丛里的人来说，这条戒律再合适不过了。

剜出来。

（哦还有他们播放的下流音乐）

剜出

（女孩们露出她们的内裤展示自己是如何流血的）

来。

黑森林布谷鸟钟敲了十下

（在地板上把她开膛破肚）

若是你的右眼叫你跌倒，就剜出来丢掉。

裙子缝好了，她无心看电视，也不想看书或给南希打电话。她什么都没心思做，就只是坐在沙发上，望着厨房窗外黑漆漆的世界，感受某种莫名的恐惧在她体内疯狂生长，就像一个快要临盆的婴儿。

她叹了口气，开始心不在焉地揉捏自己的胳膊。她的胳膊冷冰冰的，按起来有些酸痛。已经十点十二分了，莫名其妙，真是莫名其妙，怎么会觉得世界末日快到了呢？

这次两摞选票堆得更高了，但看上去还是旗鼓相当。他们又数了三遍来确保最终结果准确无误。然后维克·穆尼又来到了麦克风前。他停顿了一会儿，细细品味着空气中的紧张气氛，然后直截了当地宣布：

"汤米和嘉丽以一票多数当选。"

体育馆内一下子沉寂了，随后，掌声充斥了整个大厅，其中有些带着讽刺意味。嘉丽吃惊地倒吸了一口气，汤米又感到

了（只有一秒钟）那古怪的眩晕感

（嘉丽嘉丽嘉丽嘉丽）

似乎抹去了他所有的思想，只留下这个和他在一起的奇怪女孩的名字和模样。有那么一刹那，他快吓破胆了。

有什么东西哐当一声掉在地板上，同时，他们桌上的蜡烛也熄灭了。

乔西和月光乐队奏起了摇滚版的《威风凛凛进行曲》，引导员出现在他们桌旁（她们像变魔术一样突然出现；这一切都是吉尔小姐精心排练的，据传闻，她把那些动作缓慢而又笨拙的引导员折腾得够呛），汤米手里被塞了一根铝箔包裹的权杖，嘉丽肩上则披了一条华贵的毛领长袍；一对穿着白色夹克的男孩女孩领着他们走上中间的通道。乐队激情演奏着，观众热烈地鼓着掌。吉尔小姐看上去很满意。汤米·罗斯傻笑着。

他们被带着沿台阶走上舞台口，来到宝座前坐下。掌声依然热烈。现在里面暗藏的讽刺意味已经全部消失了；听上去诚恳而深沉，有些令人生畏。嘉丽很高兴能坐下来，一切都发生得太快了。她的腿在她身下颤抖着，虽然她的礼服领口已经很高了，她还是觉得自己的胸

（脏枕头）

太暴露了。耳边轰鸣的掌声让她头晕目眩，失去了方向。在某种程度上，她觉得这一切一定只是一场梦，从梦中醒来后，她会感到既失落又解脱。

维克对着麦克风大声说："一九七九年春季舞会的国王和王后——汤米·**罗斯**和嘉丽·**怀特**！"

全场掌声雷动。汤米·罗斯在他生命的最后时刻拉着嘉丽的

手，对她笑着，心想苏茜的直觉是对的。她也对他笑了。汤米

（她是对的我爱她我也爱她这个嘉丽她她很美是的我爱她们所有人光芒她眼中的光芒）

和嘉丽

（看不见她们灯太亮了我能听到却看不到他们淋浴间想起淋浴时发生的事了哦妈妈这里太高了我想我想下去哦他们是在笑吗是要往我身上扔东西嘲笑我吗我看不到他们我看不到他们太亮了），

还有头顶上面的横梁。

突然，两支乐队似乎很偶然地同时开始了演奏，摇滚乐和铜管乐结合起来奏起了校歌。观众们全部起立，边鼓掌，边唱歌。

现在是十点零七分。

比利刚刚弯下了膝盖，活动了一下关节。克莉丝·哈根森站在他旁边，愈来愈紧张。她的手漫无目的地在牛仔裤的缝线上抠来抠去，牙齿咬着下唇，不自觉地啃噬着，咬出了一排齿印。

"你觉得他们会把票投给他俩吗？"比利轻声问。

"会的，"她说，"我都安排好了，票数甚至不会接近。他们为什么一直鼓掌？里面发生了什么事？"

"别问我，宝贝。我……"

校歌突然响了起来，嘹亮的歌声充盈在五月温柔的空气中。克莉丝像被虫子蜇了一样跳了起来，她吃惊地倒抽了一口气。

向你致敬，托马斯·埃文高中……

"好了，"他说，"他们已经坐上去了。"他的眼睛在黑暗中发出柔和的光芒，少见的微笑改变了他的脸部线条。

她舔了舔嘴唇，他们都盯着那段黄麻绳。

我们要高举你的旗帜

"闭嘴，"她小声说。她浑身发抖，他觉得她的身体从来没有像现在这样性感、刺激。等这件事完事了，他就要把她办了，直到让她觉得她以前的所有经历和这比起来不过是游戏。他要像生玉米棒子插进黄油一样插入她的身体。

"害怕了，宝贝？"

他向她靠过来。"我不会替你拉的，宝贝。你可以由着它荡在那里。"

我们自豪地穿着红白……

突然，她嘴里发出一种沉闷的声音，像是压抑住的尖叫，她身子前倾，双手使劲地拉绳子。刚开始的时候，绳子很松，她还以为是比利故意捉弄她，绳子那头什么都没有。接着绳子绷直了，停了一下，然后猛地向前滑去，她的手心被绳子磨得火辣辣地疼。

"我——"她开始说。

里面的音乐突然变得杂乱无章，然后停了下来。一时间，参差不齐的歌声仍在继续，随后也停下了。片刻沉默之后，传来了尖叫声。然后又是沉默。

他们在黑暗中看着彼此，被这实际的行动震住了，他们从没想过真的干了这事会给他们这么大的震撼。她觉得自己的呼吸像是碎玻璃一样刺痛了她的喉咙。

随后，里面传来了笑声。

已经十点二十五分了，苏的感觉越来越糟。她单脚站在煤气灶前，等着牛奶冒热气，就可以把它倒进雀巢咖啡里。有两次她开始走上楼梯，想去换睡衣，但又转了回来，莫名地走到厨房窗户前，从那里可以俯瞰砖厂山和盘旋通往小镇的6号公路。

此刻，安装在主街市政厅顶上的警笛在深夜里突然响了起来，那忽高忽低又一刻不停的声音让人没来由地感到心慌意乱，但她并没有立即转身来到窗前，而是冷静地关掉煤气，这样牛奶就不会烧煳了。

平日里，市政厅的警笛每天中午十二点都会响一次，仅此而已。八九月份的火灾多发季节召集志愿消防队时，它会不定时地响起。它仅限于重大灾难时使用，在这空荡荡的房子里，这声音听起来又虚幻又吓人。

她慢慢走到窗前。尖利的警笛声忽高忽低，忽高忽低。不知道从哪里传来号角的声音，像是在举行婚礼。黑漆漆的玻璃倒映出她的影子，她看见自己张着嘴，瞪大了眼睛；她呼出的气凝结在玻璃上，很快盖住了她的影子。

她想起了小时候的一些经历，只是一些模糊的印象。他们还是小学生的时候，参加过防空演习。每当老师拍着手说"镇上的警报响了，你就要钻到桌子底下，手抱头，然后等着，要么警报解除要么就被敌人的导弹炸成粉末"。现在，这句话像塑封的树叶一样清晰地

（镇上的警报响了）

浮现在她的脑海里。

山下靠左的地方，也就是埃文高中停车场的位置——一圈钠弧灯让它成了一个地标，尽管教学楼本身隐藏在黑暗中——一颗火星正在燃起，就像上帝在击打打火石

（那里有储油罐）

火花只摇曳了一下，就绽放出橘色的花朵。现在你可以看到整个学校了，它在燃烧。

在她去壁橱拿外套的时候，第一声沉闷、轰鸣的爆炸震动了她脚下的地板，她妈妈的瓷器在橱里哐哐铛铛地响了起来。

摘自诺玛·沃森《恐怖舞会逃生记》（刊登于1980年8月出版的《读者文摘》《现实中的戏剧》栏目）：

……一切发生得太快了，我们都不知道发生了什么。我们都站着，鼓掌，唱着校歌。当时，我正坐在大门口边的引导员席上，看着舞台——突然，舞台上面出现了一道闪光，那是上面的灯照在某种金属制品上反射出来的光。我和蒂娜·布莱克、斯特拉·霍兰站在一起，我想她们也看见了。

一下子，大片红色的东西从空中泼下来。有些浇在了壁画上，合成了一股水流往下淌。我一下子猜到了那是血，在他们还没被淋到之前就猜到了。斯特拉·霍兰以为那是油漆，但我有第六感，那一次我哥哥被运草车撞倒时我也有那样的感觉。

汤米和嘉丽被浇透了。嘉丽的情况最糟糕，她看上去就像是刚从一桶红油漆里捞出来一样。她就坐在

那里，一动也不动。离舞台最近的乔西和月光乐队也被溅到了。主吉他手的吉他是白色的，溅满了点点血花。

我说："天哪，那是血！"

我刚说完，蒂娜就尖叫了起来，声音很响，在礼堂里清晰地回荡着。

大家都不唱歌了，周围一片寂静。我吓呆了，一动也动不了。我抬起头，看见宝座上方的空中吊着两只水桶，在空中摇晃碰撞，发出砰砰的声音。桶还在往下滴血。突然，它们一起掉了下来，后面还跟着松松垮垮的长绳。一只桶砸在汤米·罗斯的头上，发出一声铜锣般的巨响。

有人因此笑了起来。我不知道是谁，但这并不是人们觉得有趣或高兴时的笑。这是一种原始的、歇斯底里的、尴尬的笑。

就在这时，嘉丽睁开了眼睛。

也就是这个时候，大家都笑了起来。我也是，上帝作证。那真的很……很奇怪。

我小时候有一本叫作《南方之歌》的迪士尼故事书，里面有莱姆斯叔叔讲的柏油娃娃的故事。书里有一张柏油娃娃坐在路中间的照片，看上去就像是以前化装黑人歌舞团里扮演黑人的白人，一张黑黑的脸上却有着大大的白眼睛。嘉丽睁开眼睛的时候，就是那个样子。眼睛是她身上唯一没有完全变红的部分，在灯光下显得十分呆滞。老天作证，但她看起来真的很像埃迪·坎特①在表演他的大眼神功。

这就是大家笑起来的原因，我们忍不住笑。那种情况下，你只能要么大笑，要么发疯。那么长时间以来，嘉丽一直是大家取笑的对象。那天晚上我们都觉得自己参与了一件特别的事情，就好像我们见证了一个人重新加入人类，我为此而感谢上帝。然后**那**件事发生了，那件恐怖的事。

所以没有别的选择了。不是笑就是哭，这么多年过去了，谁会为嘉丽哭呢？

她只是坐在那里，盯着他们。笑声持续着，越来越响。人们笑得弯了腰，捂着肚子，用手指着她。汤米是唯一一个没看她的人。他瘫倒在宝座上，好像睡着了。不过，你没办法判断他是否受了伤；他被淋得满身是血，什么都看不出来。

然后她的脸……碎裂了。我不知道还能怎么描述它。她用手捂住脸，摇摇晃晃地站了起来，差点被自己的脚绊住、摔倒，看到这一幕，人们笑得更厉害了。她半跳着下了舞台，这就像是看着一只红色的大青蛙从睡莲叶子上跳下来。她又差点跌倒了，但最终稳住了。

德雅尔丹小姐向她跑过来，她已经止住了笑。她向嘉丽伸出双臂，但她突然转过身，撞到了舞台旁边

---

① 埃迪·坎特是美国喜剧演员。他因炯炯有神的大眼睛以及活力充沛的搞笑、歌唱和舞蹈而闻名。

的墙上。这实在是匪夷所思，她根本没有被什么东西绊着，但看起来像是有人推了她一把，可那里明明空无一人。

嘉丽双手捂着脸跑过人群，这时有人伸出一只脚来。我不知道是谁，但她脸朝地，摔了个狗啃泥，在地板上留下一条红色印迹。她叫了一下："哎呀！"我记得这句话。听到嘉丽这样叫"哎呀"，我笑得快岔气了。她在地板上爬了几下，然后站起来跑了出去。她从我身边跑过时，你可以闻到血腥气，一股恶心腐烂的味道。

她一步两个台阶跑了下去，出了门，不见了。

笑声渐渐一点一点低了下来，有些人的身体还在抖动，不停地喘气。伦尼·布洛克拿出一块很大的白手帕擦着眼睛。萨莉·麦克马纳斯脸色煞白，像快要呕吐了，却仍然咯咯笑着，似乎没有办法停下来了。比利·博斯南站在那里，手里拿着指挥棒，一直在摇头。卢布林先生坐在德雅尔丹小姐身边，叫喊着让人拿纸巾过来。德雅尔丹小姐的鼻子流血了。

你要知道，这一切都发生在一两分钟之内。没人明白发生了什么事，我们都惊呆了。有几个人在四处走动，和别人说上一两句话。突然，海伦·谢尔斯哭了起来，其他人也跟着哭了起来。

然后有人喊道："叫医生来！嘿，快叫医生来！"

是乔西·弗莱克。他在舞台上，跪在汤米·罗斯身边，脸色苍白得像纸一样。他想把他扶起来，可椅子倒了下来，汤米也滚到了地上。

大家都没动，只是盯着看，我觉得自己像是被冻在冰里。我唯一能想到的就是：上帝啊。上帝啊，上帝啊，上帝啊。然后另一种想法悄然而至，它根本不像是我会有的想法。我想到了嘉丽，还有上帝。一切都混在一起，太可怕了。

斯特拉看着我说："嘉丽回来了。"

我说："是的，她回来了。"

大厅所有的门都砰的一声关上了，那声音就像是有人在鼓掌。后面有人尖叫起来，大家开始惊慌逃窜。他们匆忙向门口跑去。我只是站在那里，不敢相信这一切。就在第一个人跑到门口开始推门的时候，我看见嘉丽站在外面，看着里面，她的脸上脏兮兮的，像个涂着油彩的印第安战士。

她在笑。

他们使劲推门、捶门，但是门纹丝不动。越来越多的人挤到门边，我看到最先到达那里的人被挤得喘不过气来，嘴里嘟囔着，喘息着。他们还是打不开门。按照州法律的规定，这些门可是从不上锁的。

斯蒂芬斯先生和卢布林先生费力挤了进去，抓着夹克衫、裙子或者一切能抓到的东西，把人群拽开。他们都尖叫着，像牛一样到处乱跑。斯蒂芬斯先生扇了两个女孩一巴掌，还一拳打在了维克·穆尼的眼睛上。他们大声叫喊，要大家从后面的消防安全门出去。有些人照做了，他们活了下来。

就在那时天开始下雨了……至少，一开始我是这么以为的。到处都在降水。我抬头一看，原来是体育馆内所有的洒水装置都打开了。水落在篮球场上，溅起水花。乔西·弗莱克大叫着，要他乐队的朋友赶快关掉电子扬声器和麦克风，但是大家都跑没影了。他从舞台上跳了下来。

门口的慌乱停了下来，人们都往后退去，抬头望着天花板。我听到有人——可能是唐·法纳姆——说："这篮球场算是毁了。"

有几个人走过去查看汤米·罗斯的情况，我突然意识到我要赶紧离开，我拉着蒂娜·布莱克的手说："我们快跑吧。"

到防火门那里，要经过舞台左边的一条短走廊。那里也有洒水喷头，但它们还没有打开。防火门开着——我看见有几个人跑了出去。但大多数人只是在周围站着，彼此观望。有些人正看着嘉丽摔倒的那个地方的血迹，水正逐渐把它冲淡。

我拉着蒂娜的胳膊，拽着她跑向出口标志那儿。就在那一瞬间，一道亮光闪过，有人尖叫了一声，还有一声可怕的麦克风的嚣叫声。我转过头，看到乔西·弗莱克正抓着一个麦克风架，他松不了手了。他的眼睛鼓了出来，头发也竖起来了，看上去像在跳舞。他的脚在水里滑来滑去，衬衫开始冒烟。

他跌倒在一只扬声器上——这些都是大扬声器，有五六英尺高——它掉进了水里，发出一声尖厉的回声，让人头痛欲裂，然后又是一声咝咝的闪光，声音停了。乔西的衬衫已经着火了。

"快跑！"蒂娜冲我喊道，"快点，诺玛。**快**！"

我们跑到走廊时，后台有什么东西爆炸了——我猜可能是主电源开关。我只回头看了一下。你可以直接看到舞台，因为幕布都已经拉开了，汤米就躺在那里。所有粗重的电线都漂在空中，像从印度僧人的篮子里爬出来的蛇一样，扭曲着，蠕动着。然后有一根电线断成了两截。它落进水里时，发出一道紫色的闪光，然后所有人都立刻尖叫起来。

然后我们出了门，跑过停车场。我想我也在尖叫，我记不太清楚了。他们开始尖叫之后发生的事，我都记不清了。高压电线碰到满是水的地板之后……

对于十八岁的汤米·罗斯来说，死亡来得很快，也很仁慈，他几乎没有经历任何痛苦。

他甚至没意识到有些重大的事情正在发生。咣当的撞击声让他短暂地联想起

（牛奶桶拿来了）

童年时期在盖伦叔叔农场里的生活，然后还想到

（有人掉了什么东西）

下面的乐队。他看见乔西·弗莱克向他头上看去，

（怎么啦我头上有光环什么的吗）

接着，还剩小半桶血的桶砸在了他头上。桶底突起的边沿磕在他的头顶上，

（啊好疼……）

他很快就失去了知觉。乔西和月光乐队的电子乐器引发的火苗
窜到威尼斯船夫壁画上，又蔓延到后台和顶上堆放的旧制服、
旧书和报纸上时，他仍然躺在舞台上。

半小时后油箱爆炸时，他已经死了。

摘自美联社新英格兰分社自动收报机晚间十点
四十六分收到的消息：

缅因州张伯伦镇（美联社）

埃文联合高中发生火灾，大火仍在肆虐。火灾发
生时，学校正在举行舞会，据称火灾是由电器着火引
发的。目击者称，学校的自动灭火喷淋装置在没有任
何火情警报的情况下开启了，这导致一支摇滚乐队的
设备短路，其他目击者也提及主电源电缆可能断裂。
据称，可能多达110人被困在燃烧的学校体育馆内。
据报道，邻近的韦斯托弗、莫顿和路易斯顿等镇的消
防局已接到援助请求，正在或即将赶赴火场。截至目
前，还没有人员伤亡的消息。完。

美联社6904D五月二十七日晚十点四十六分

摘自美联社新英格兰分社自动收报机晚间十一点
二十二分收到的消息：

急

缅因州张伯伦镇（美联社）

缅因州张伯伦镇的托马斯·埃文联合高中发生剧

烈爆炸。此前，张伯伦镇上的三辆消防车被派往举办学校舞会的体育馆救火，但都无济于事。该地区所有消防栓均已遭到破坏，且该地区从斯普林大街到格拉斯广场的城市总水管道的水压据称降至为零。一名消防官员说："喷嘴都被拽了出来，孩子们在火中挣扎的时候这些该死的东西肯定像喷油井一样向外喷光了水。"目前已发现三具遗体，其中一具已确认是镇上的消防员托马斯·B.米尔斯，另外两具则是舞会参加者。另有三名消防员因轻微烧伤和吸入浓烟被送往莫顿医院接受治疗。据信，爆炸的起因是大火蔓延至学校体育馆附近的油罐，而火灾则是由于自动喷水灭火系统故障引发绝缘不良的电气设备漏电造成的。完。

美联社 70119E 五月二十七日晚十一点二十二分

苏只有实习驾照，还不能单独开车上路，但她还是从冰箱旁边的挂钩上取下母亲的汽车钥匙，跑到了车库。厨房的钟表指针正好指向十一点。

第一次发动，发动机就溢流了，她只好停下来，等一会儿再试。这一次，汽车引擎抖动了几下，点着了，她不管不顾地猛踩油门，冲出了车库，还撞瘪了一块挡泥板。她拨动方向盘，后轮转动卷起一堆砂石。她妈妈的这辆一九七七年普利茅斯车一个急转弯，驶上了公路，差点撞上路肩，急转弯让她觉得胃里一阵恶心。就在这时，她才意识到自己喉咙深处正发出困兽一般的呜咽声。

驶至 6 号公路和张伯伦路交叉口时，她没管路边的停止标志，径直开了过去。火警警报响彻了东边的夜空，那里正是张伯伦镇与韦斯托弗的交界处，在她背后南部的莫顿也响起了警报声。

爆炸发生时，她就快到山脚下了。

她双脚一起猛踩刹车，整个人像布娃娃一样撞在了方向盘上。轮胎和道路发生剧烈摩擦，发出刺耳的声音。她摸索着打开了车门，下了车，用手挡着眼睛，望向那刺眼的光。

一股火焰冲向天空，火焰上方漫天飞散着钢制楼顶板、木头和纸片。空气中弥漫着油味和烟味。主街被照得灯火通明，像是亮着闪光枪一样。在那可怕的一瞬间，她看到埃文高中体育馆的整个侧楼已成为一片熊熊燃烧的废墟。

片刻之后，爆炸的冲击波袭来，推得她直往后退。路上的垃圾突然从她身边呼啸而过，随之是一阵热浪，让她一下子就想到了

（地铁的味道）

去年她去波士顿的旅行。比尔的家庭药店和凯利水果店的窗户玻璃被震碎了，叮当作响地往店里面掉了进去。

她倒在地上，火焰如正午的阳光般明亮耀眼，照亮了整条街。接下来发生的事情似乎成了慢镜头一样播放，因为她的思绪在以她自己的节奏

（死了他们都死了吗嘉丽为什么会想到嘉丽）

向前。很多汽车冲向现场，人们穿着各式睡袍和睡衣，在街上奔跑。她看见一个男人从镇警察局和法院的前门走出来。他走得很慢。汽车开得很慢。甚至人们也跑得很慢。

她看见站在警察局台阶上的那个人，把手拢在嘴巴旁边，正在喊着什么。在镇上刺耳的警笛声、消防车警报声和大火熊熊燃烧、吞噬一切的声音中，她听不清他在喊什么。听上去他像是在喊：

"嘿，小新盐！停，别是盐！"

整条街都是湿漉漉的，灯光在水面上跳跃。这束光是从泰迪的阿莫科加油站射出来的。

"——嘿，那是——"

就在这时，整个世界爆炸了。

摘自托马斯·K.奎兰在缅因州州调查委员会面前，就五月二十七日至二十八日缅因州张伯伦镇事件的宣誓证词（以下内容选自《黑色舞会：怀特委员会报告》，有删节，纽约：希涅出版社，1980年）：

问：奎兰先生，请问你是张伯伦镇的居民吗？

答：是的。

问：你的住址是？

答：我住在台球馆楼上的一个房间里。我在那里工作。我拖地，给台球桌吸尘，摆弄机器——就是弹球机，你们知道的。

问：奎兰先生，五月二十七日晚十点三十分，你在哪里？

答：嗯……事实上，我当时在警察局的拘留室。你瞧，我每周四发工资。工资到手后，我就会出去大喝一场。我去了骑士酒吧，喝了点施利茨啤酒，然后又打了一会儿牌。但我一喝醉，就会发酒疯，像是有人在我脑子里上演疯狂轮滑，那种感觉真的很难受。有一次我拿起一把椅子，砸在了一个人的头上，然后……

问：每次你感到这种脾气要发作时，就会去警察局？

答：是的。大个子奥蒂斯，他是我的朋友。

问：你说的是本县的治安官奥蒂斯·多伊尔吗？

答：是的。他告诉我，如果我喝多了酒后，感觉要发酒疯了，可以随时去找他。舞会的前一天晚上，我们几个人在骑士酒吧后面的房间里玩四明一暗①，我觉得快手马塞尔·杜拜在耍老千。我清醒的时候，可能不会大惊小怪——法国人眼里的耍老千是翻他自己的牌，但那时我的火腾地一下蹿了起来。我已经喝了好几杯啤酒，所以我没再继续玩下去，而是去了警察局。普莱西正在值班，他把我关在一号拘留室里。普莱西是个好孩子。我认识他妈妈，但那是许多年前的事了。

问：奎兰先生，我们还是说一下二十七日晚上十点三十分发生的事吧？

答：我们不是正在讨论吗？

问：我衷心希望如此。你接着说。

答：嗯，普莱西在星期五凌晨两点十五分左右把

---

① 扑克牌的一种玩法。

我关起来，我马上就睡着了。你也可以说，我睡死过去了。我醒来的时候已经是下午四点左右了，我吃了三片胃可舒，又睡着了。我有个诀窍，我可以一直睡到完全酒醒。大个子奥蒂斯说我应该弄清楚自己是怎样做到这一点的，然后去申请专利。他说我这样可以减少很多人的痛苦。

问：这我相信，奎兰先生。那你再次醒来是什么时候？

答：星期五晚上十点左右。我很饿，所以我决定去餐厅找点东西吃。

问：他们把你一个人留在一个敞开的拘留室里？

答：当然。我清醒的时候，可是个大好人。事实上，有一次……

问：告诉委员会你离开拘留室时发生了什么。

答：火警响了，就是这样。吓死我了。越战结束后，我就再也没有在晚上听到过火警声了。所以我跑上了楼，妈的，办公室里一个人也没有。我对自己说，普莱西这下有得好受了。总应该有人值班接电话吧，万一有人打电话来呢？于是我走到窗边往外看。

问：从那个窗户能看到学校吗？

答：当然。它就在街对面，往下走一个半街区。人们跑来跑去，大喊大叫。就在那时，我看到了嘉丽·怀特。

问：你以前见过嘉丽·怀特吗？

答：没有。

问：那你怎么知道那是她？

答：这很难解释。

问：你看清楚了吗？

答：她站在一盏路灯下，就在缅因街和斯普林街路口的消防栓旁边。

问：发生什么事了吗？

答：天哪。消防栓的整个顶部往三个不同的方向炸开了。左边，右边，还有一块炸向了天空。

问：这个……故障是什么时候发生的？

答：十点四十分左右。可能再晚点。

问：后来又发生了什么？

答：她向市中心走去。先生，她看上去很吓人。她穿着一件礼服，呃，应该说是礼服剩下的部分，她全身都被消防栓喷出的水打湿了，而且浑身是血。她看起来像是刚从一场车祸中爬出来。但她咧开嘴笑了。我从未见过这样的笑容，就像是死神在笑。她不停地看着自己的手，在衣服上蹭来蹭去，想把手上的血擦掉，心里想着她永远也摆脱不了这些血了，她要让整个镇子付出血的代价来偿还。太可怕了。

问：你怎么知道她在想什么？

答：我不知道。我说不上来。

问：奎兰先生，在你之后的证词中，我希望你只讲述你所看到的。

答：好的。格拉斯广场的拐角处也有一个消防栓，也坏了。这个我看得更清楚。两边的大螺母自己拧开了。我亲眼所见。它飞了下来，和另外一个一样。她很高兴。她对自己说，那就给他们冲个澡，那就……啊，对不起。这时消防车开了过来，我就看不见她了。消防车停在了学校边上，他们开始接上消防栓，但是发现它们根本不出水。伯顿队长冲着他们大叫了起来，就在这时学校爆炸了。天——哪！

问：你离开警察局了吗？

答：是的。我想找到普莱西，告诉他那个疯女人和消防栓的事。我看了泰迪的阿莫科加油站一眼，我看到了把我吓个半死的东西。六个油泵全都脱了钩。泰迪·杜尚一九六八年就去世了，愿上帝保佑他。但是他的儿子像泰迪一样，每天晚上都会把这些油泵锁好。我看见每一个油泵上的耶鲁挂锁的锁扣都断开了。喷油嘴落在柏油地面上，所有的自动加油开关都开着。汽油流到了人行道和街上。我的天啊，看到这些，吓得我鸡巴都竖起来了。然后我看到有个人正抽着烟跑过那里。

问：你做了什么？

答：我冲他大喊。像是"嘿！小心你的烟！喂，别吸了，那是汽油！"之类的，但他根本没听见我的话。消防车的警笛、镇上的警报声，还有街上来来往往的汽车声，太吵了，他听不见很正常。我看到他想要扔掉烟头，所以我开始往屋里跑。

问：接下来发生了什么？

答：接下来？接下来，魔鬼来到了张伯伦……

桶刚掉下来的时候，她只透过音乐声听到一声响亮的金属撞击声，然后就被淹没在一片温暖和湿润之中。她本能地闭上了眼睛。她身边传来一声呻吟，她刚刚苏醒的那部分意识感觉到一阵短暂的痛苦。

（汤米）

音乐声杂乱无章地戛然而止，余下来的一些声音像断了的琴弦似地跟在后面。就在这迷茫无措的瞬间，在人们还没意识到发生了什么的时候，她清清楚楚地听见有人说：

"天哪，那是血。"

过了一会儿，像是要证明这一点，好让大家都清清楚楚、明明白白，有人尖叫了起来。

嘉丽闭着眼睛坐着，心头涌起了一股黑暗的恐惧。终究，妈妈是对的。他们又一次戏弄了她，骗了她，把她当作笑柄。这种可怕的事情本应是千篇一律的，但这次却大不相同：他们把她骗到这儿，坐在台上，当着全校师生的面，又重复了一遍在淋浴房里她们对她所做的事情……不同的是，那个声音说

（我的天那是血）

这太可怕了，根本无法想象。如果她睁开眼睛，看到一切正如她们所说的那样，啊，那又该怎么办？该怎么办？

有人开始笑了，那笑声像是一只孤独的、受到惊吓的鬣狗发出来的。她终于睁开了眼睛，睁开眼睛看看谁在笑，她看到了这一切都是真的。她的终极噩梦到来了，她浑身血红，那红色还在往下滴；他们把她浸在血污中，在众目睽睽之下，她的厌恶和羞愧

（哦……**浑身**……都是血）

让她无法抬头。她能闻到自己身上的气味，那种血的腥臭味，还有一股恶心的、黏答答的铜锈味。她眼前仿佛万花筒似的闪过一幅幅画面，她看到黏稠的血液淌到她裸露的大腿上，听到浴室里的淋浴水柱不断击打着地上的瓷砖，感觉到随着"堵上它"的声音而来的、砸在她身上的卫生棉条和卫生巾，尝到突然的、令人生厌的恐惧之苦。给她洗了这样的淋浴，他们终于得逞了。

第二个人紧跟着第一个人的笑声，也笑了出来，接着是第三个女孩尖利的咯咯声——第四个、第五个、第六个……第十二个，他们所有人都笑了。维克·穆尼也笑了。她能看见他。他的脸因为震惊而表情僵硬，但他还是笑了出来。

她依然静静地坐着，任凭那笑声像海浪一样淹没了她。她们依然那么美丽，这个地方依然充满魔力和神奇，但是她已经不在其中了，现在这个美好的童话故事因为堕落和罪恶变成了一场噩梦。在这个梦里，她要去吃一颗毒苹果，被食人妖攻击，被老虎吞噬。

他们又在嘲笑她了。

突然间她崩溃了。她突然意识到自己被骗得多么惨，于是一声可怕的、无声的哭喊

（他们正**看着我**）

要从她嘴里冲出来。她用双手捂住脸不让人看见，踉踉跄跄地从椅子上站了起来。她唯一的想法就是跑开，躲开光明，躲进黑暗。

但她就像在糖浆中奔跑。她那不听话的大脑把时间调得很

慢，慢得就像在爬行一样；就好像上帝把整个场景从每分钟 78 转调成了每分钟 33.3 转。似乎连笑声也变低沉了，变成了不祥、低沉的轰隆声。

她的两只脚绊在一起，差点从舞台边上摔下来。她稳了稳，弯下腰，跳到了地板上。刺耳的笑声越来越响，就像是石头摩擦发出的声音。

她不想看，但还是看到了；灯光那么亮，她能看到他们所有人的脸。他们的嘴，他们的牙齿，他们的眼睛。她能看见面前她自己那血迹斑斑的双手。

德雅尔丹小姐向她跑过来，脸上满是虚伪的同情。嘉丽能透过表面看到她的内心，在她内心深处，她正用她令人作呕的、猥琐下流的老处女姿态咯咯笑着。德雅尔丹小姐张大了嘴巴，发出可怕的、缓慢的、低沉的声音：

"让我来帮你吧，亲爱的。哦，我真抱——"

她向德雅尔丹猛地伸出手，

（发力）

德雅尔丹小姐飞了出去，撞在舞台旁边的墙上，倒了下来，整个人缩成一团。

嘉丽跑了起来，从她们中间跑过。她用手捂着脸，但她能透过手指间的缝隙看到她们，看到她们穿着明亮的、天使般的礼服，沐浴在温暖的灯光下，他们被**接受**了，多好啊。锃亮的鞋子，干净的脸庞，在发廊精心设计的发型，闪闪发光的礼服。他们像躲避瘟疫一样从她身边散开，但一直笑个不停。然后一只脚偷偷地伸出来

（哦是的这就是他们的下一步是这样的）

她结结实实地摔了一个跟头，只能在地板上向前爬，头发因血块而粘在一起，一绺绺地垂在脸前，就像是被亮光刺得睁不开眼的圣保罗在大马士革路上爬行一样。接下来会有人踢她的屁股。

但是没人这样做，然后她又挣扎着站了起来。画面开始加快了。她出了门，跑进大厅，飞快地跑下台阶，正是两小时前她和汤米风光无限地走过的台阶。

（汤米付出了死亡的代价付出了代价因为他把瘟疫带到了光之地）

她笨拙地大步跑下楼梯，笑声像黑色的小鸟一样在她周围扑腾。

然后，是黑暗。

她跑过学校宽阔的前草坪，两只舞鞋全跑丢了，就光着脚跑。学校的草坪精心修剪过，像天鹅绒一样柔软，点缀着小颗的露珠，笑声都被抛在她身后了。她开始稍微平静下来。

然后她的双脚又绊了一下，她一头倒在旗杆旁。她静静地躺在那里，喘着粗气，把滚烫的脸埋在清凉的草丛里。耻辱的眼泪流了出来，像第一次的经血那样滚烫、沉重。他们打败她了，他们赢了，一次又一次。一切都结束了。

她一会儿会爬起来，从后街偷偷地溜回家，躲在暗处，以防有人来找她，然后找到妈妈，向她承认自己错了

（！！不！！）

她的倔强——性格中的很大一部分——突然冒了出来，有力地喊出了这个字。壁橱？没完没了、心不在焉地祈祷？抑或是小册子、十字架还有那黑色森林布谷鸟钟上的机械鸟，陪她

度过生命中余下的岁月吗?

突然,她脑海中像是打开了一台录像机,她看见德雅尔丹小姐向她跑过来,然后她把自己的意识加诸在她身上,看着她像只布娃娃一样在她面前摔了出去。她当时甚至是无意识地做了这件事。

她翻了个身,仰面躺着,露出脏乱的脸,脸上两只眼睛疯狂地盯着天上的星星。她忘记了!

(!! **她的力量**!!)

是时候给他们一个教训了。是时候让他们见识见识她的厉害了。她歇斯底里地咯咯直笑。这是妈妈最喜欢的一句口头禅。

(妈妈回家放下手提袋眼镜在闪着光我想我今天在店里让埃尔特见识到我的厉害了)

那儿有一个自动喷水灭火系统。她可以打开它,这太简单了。她又咯咯地笑了起来,站起身,赤着脚朝大厅的门走去。打开喷水系统,关上所有的门。往里看,让他们看到她在往里看;她笑着看着喷洒出来的水毁了他们的衣服和发型,抹去了他们鞋子上的光泽。唯一让她遗憾的是喷水器里喷洒出来的不是血。

大厅里空无一人。台阶爬到一半时,她停了下来,发力,在她的集中力量下,所有的门都砰的一声关上了,气动式门锁啪嗒一声也锁上了。她听到一些人在尖叫,那声音听起来就像是仙乐,甜美的灵魂赞歌。

有一会儿什么事都没发生,然后她感觉到他们在推门,想把门打开,但他们的力量微不足道。他们被困住了

(困住了)

这个醉人的字眼在她脑海里反复回响着。他们都在她的控制之中，在她的力量掌控下。力量！多棒的一个词啊！

她继续爬上剩下的台阶，往里看去，她看到乔治·道森被挤到了玻璃上，他挣扎着，使劲推着，脸因用力而扭曲了。他后面还有其他人，他们看起来都像是水族馆里的鱼。

她向上看去，很好，那里有洒水管道，小小的喷嘴像是一朵朵绽放的金属雏菊。管子穿过绿色的煤渣砖墙上的小洞进入体育馆。她记得里面有很多这样的管子。这是消防法或什么之类的规定。

消防法。刹那间，她想起了

（像蛇一样又黑又粗的电线）

舞台上到处都是电线。因为舞台脚灯的缘故，观众看不到这些线。但她曾小心翼翼地跨过它们，才能坐到宝座上。那时汤米一直扶着她的胳膊。

（火和水）

她抬起头来，用自己的意识去感触那些管道，追寻它们的走向。好冷，管道里都是水。她嘴里尝到了铁锈的味道，冰冷、潮湿的金属味，和花园里橡胶软管喷出来的水是一个味儿。

发力。

一时间场内没有任何动作。然后他们开始离开大门，四处张望。她走到中间那扇门前，透过门上镶嵌的长方形小玻璃看向场内。

体育馆里下起了雨。

嘉丽笑了起来。

她并没有打开所有的喷嘴，只打开了一部分。但她发现，只要她抬起头，用眼睛盯着喷水装置，她就可以更轻松地用意识来搜寻管道。她开始打开更多的喷嘴，越来越多。但这还不够。他们还没有哭，所以还远远不够。

（伤害他们伤害他们）

台上有个男孩站在汤米身边，他正疯狂地打着手势，大喊着什么。在她看着他的时候，他从舞台上爬了下来，朝摇滚乐队的乐器跑去。他抓住一个麦克风架，然后一动不动了。嘉丽惊讶地看着这一幕：他的身体过了电，几乎完全静止。只有他的脚在水里摆来摆去，头发像钉子一样竖了起来，嘴巴像鱼一样翕动着。他的造型看上去很滑稽。她笑了起来。

（天哪让他们所有人看起来都这么滑稽吧）

突然，她一下子发力了，用尽了所有她能调用的力量。

有几盏灯哧哧几下灭了。某个地方，一根带电的电源线打在了一处水洼上，发出了刺眼的闪光。断路器无法进入操作状态，她的意识感受到一阵沉闷的撞击。那个拿着麦克风架的男孩跌倒在一个扬声器上，迸发出紫色的火花，然后正对着舞台的绉纱旗烧了起来。

就在宝座的正下方，一根二百二十伏的带电电缆在地板上噼啪作响，旁边穿着绿色薄纱礼服的朗达·西玛德发狂似地抖着身体。她的长裙突然烧了起来，身子往前倒了下去，但仍在抽搐。

也许就是在那一刻，嘉丽的情绪失控了。她倚在门上，心脏狂跳不止，但她的身体却冷得像冰块一样。她脸色铁青，脸颊上却出现了发烧时才有的潮红。她的头痛得要死，失去了清醒的理智。

她摇摇晃晃地离开了门，却仍然让门紧闭，如今她的行为已丝毫不需要考虑或是计划了。屋里的火光渐渐亮了起来，她依稀意识到壁画一定着火了。

她瘫倒在最高一级台阶上，把头埋在双膝之中，试图平缓呼吸。他们想再次冲出门来，但她很轻易地就把他们关在了里面——这不费什么劲儿。某种模糊的感觉告诉她，有几个人正从防火门跑出去，随他们去吧。她以后自会收拾他们。一个都别想跑。

她慢慢地走下台阶，出了前门，但仍然让体育馆的门紧闭着。这做起来很容易。你只要在脑海中看着这些门就可以了。

镇上的警笛声突然响了，吓得她叫了起来，用手捂住了

（警笛声只是火警声）

脸。她的意识被吓得一时没能看住体育馆的门，一些人快要跑出去了。不，不，真淘气。她又砰的一声关上了门；门框夹住了某个人的手指——感觉像是戴尔·诺伯特，还弄折了一根。

她又摇摇晃晃地穿过草坪，像个眼珠爆凸的稻草人，朝着主街走去。她的右边是镇中心区域——百货公司、凯利水果店、美容院和理发店、加油站、警察局、消防站……

（他们会把我的火扑灭）

但是他们扑不灭。她咯咯地笑起来，那笑声有点疯狂：笑声里还夹杂着得意、迷失、胜利和恐惧。她来到第一个消火栓前，试图用意识拧开边上那个漆过颜色的大螺母。

（哦呵）

它好紧。真的很紧。螺帽拧得很紧，阻碍了她的下一步动作。不过没有关系。

她拧得更用力了，感觉到它有点松了。然后另一边。然后是顶上的。接着她向后退了几步，同时拧这三个螺帽，一下子把它们都拧开了。水向两侧和上方喷射出去，有一个螺帽以自杀般的速度在她面前飞出了五英尺，落在街上，又高高地弹回空中，不见了。水在一股无形的压力下以十字架的形状喷射出去。

尽管她的心跳每分钟两百多下，她还是面带微笑，步履蹒跚地向格拉斯广场走去。她没有意识到自己正像麦克白夫人一样把沾满血迹的双手抹在衣服上，也没有意识到自己笑的时候也在哭，更没有想到自己的意识正带着自己走向最终的毁灭。

因为她要让他们和她一起消失，这里将会燃起熊熊烈火，直到大地成为焦土。

她拧开了格拉斯广场的消防栓，然后开始走向泰迪的阿莫科加油站。它恰巧是她要去的第一个加油站，但不是最后一个。

摘自奥蒂斯·多伊尔治安官在缅因州州调查委员会面前所做的宣誓证词（《怀特委员会报告》）第29—31页：

问：治安官，五月二十七日晚上你在哪里？

答：我当时在叫作"老本顿路"的179号公路上调查一起汽车事故。实际上车祸发生在张伯伦镇外，在达勒姆镇内，我当时是在协助达勒姆镇的巡警梅尔·克拉格。

问：你是什么时候知道埃文高中出事了的？

答：晚上十点二十一分，那时我收到了雅各布·普莱西警官发来的无线电通讯。

问：他都说了些什么？

答：普莱西警官说学校出事了，但他并不知道事情是否严重。他说里面有很多人在喊叫，还有人拉了好几下火警警报。他还说他正要过去看看学校究竟发生了什么。

问：他说学校着火了吗？

答：没有，先生。

问：你让他及时向你汇报了吗？

答：是的。

问：普莱西警官向你汇报了吗？

答：没有。他后来在主街和萨默路交叉口的泰迪加油站爆炸中牺牲了。

问：那你之后是什么时候再次收到关于张伯伦情况的无线电通讯的？

答：是在十点四十一分。那时我正在回张伯伦的路上，车后座押着车祸的肇事者——一个醉酒驾车的司机。我之前说过的，实际上这个案子发生在梅尔·克拉格管辖的镇上，但达勒姆没有监狱。我把他带回张伯伦的时候，我们也已经没有空牢房了。

问：十点四十二分你收到了什么信息？

答：我接到了州警察局的电话，是从莫顿消防局转接过来的。州警察调度员说，埃文高中发生了火灾，还有骚乱，可能还发生了爆炸。那时没有人确切知道里面发生了什么。记住，这一切都发生在四十分钟之内。

问：我们理解，治安官。后来发生了什么？

答：我开着警笛和警灯，驾车回到了张伯伦。我试着联系普莱西，但没有任何回音。就在这时，汤姆·奎兰在无线电里滔滔不绝地说个不停，他说整个镇子都被大火吞噬了，而且没有水灭火。

问：你知道那是几点钟吗？

答：我知道，先生。我记了时间，是十点五十八分。

问：奎兰先生称加油站是在十一点钟爆炸的。

答：那就取中间值，先生。是十点五十九分。

问：你什么时候到达的张伯伦？

答：晚上十一点十分。

问：多伊尔治安官，你到达张伯伦镇上的第一反应是什么？

答：我惊呆了。我不敢相信我所看到的一切。

问：你到底看到了什么？

答：整个商业区的北部都在熊熊燃烧。加油站不见了。伍尔沃斯商店烧得只剩下一个框架了。大火已经蔓延到紧挨着它的三家店的木门——达菲酒吧和烧烤店、凯利水果店和台球室。四周热得让人无法忍受。火星飞溅到梅特兰房地产经纪公司和道格·布兰西部汽车商店的屋顶上。消防车来了，但他们无能为力。街道那一边的消防栓全都被毁坏了。唯一还能用的是韦斯托弗镇派来的两台老式水泵，它们能做的也只是把周围建筑物的屋顶给弄湿。当然还有埃文高中。它就是……那么不见了。当然，它的位置相对偏远——周围没有什么建筑和它的距离近到可以被引燃。但是上帝，里面所有的孩子……所有的孩子……

问：你进入张伯伦镇时遇见苏珊·斯涅尔了吗？

答：遇到了，先生。她招手让我停下。

问：那是几点钟？

答：那会儿我刚进入镇子……十一点十二分，不会晚于这个点。

问：她说了什么？

答：她看起来很心烦意乱。她刚出了一场车祸，问题不严重——车轮打滑，但她有点神志不清，一直胡言乱语。她问我汤米是不是死了。我问她汤米是谁，但她没有回答。她问我有没有抓到嘉丽。

问：多伊尔治安官，委员会对你这部分的证词非常感兴趣。

答：是的，先生，我知道。

问：你是如何回答她的问题的？

答：嗯，据我所知，镇上只有一个嘉丽，那就是玛格丽特·怀特的女儿。我问她嘉丽是不是跟火灾有关。斯涅尔小姐告诉我是嘉丽干的。她的原话是"是嘉丽干的。是她干的"。她说了两遍。

问：她还说了什么吗？

答：说了，先生。她说："这是他们最后一次伤害嘉丽。"

问：警长，你确定她说的不是"这是我们最后一次伤害嘉丽"吗？

答：我很确定。

问：你确定吗？百分百确定？

答：先生，我们所在的整个镇子都烧起来了。

我……

问：她喝酒了吗？

答：不好意思，我不太明白。

问：她喝酒了吗？你说她刚刚撞了车。

答：我想我说的是一场轻微的车辆打滑事故。

问：所以你不确定她说的不是"我们"而是"他们"？

答：我想她可能说了，但是……

问：斯涅尔小姐接着做了什么？

答：她突然哭了起来。我扇了她一巴掌。

问：你为什么这么做？

答：她看起来有点歇斯底里。

问：最后她平静下来了吗？

答：是的，先生。她平静下来了，考虑到她的男朋友可能已经死了，她算是很好地控制了自己的情绪。

问：你审问过她吗？

答：嗯，如果你的意思是以审问罪犯的方式，那倒没有。我询问她是否知道发生了什么事。她重复了一遍刚才说过的话，语气平静了一些。我问她出事时她在哪里，她告诉我她一直待在家里。

问：你有没有进一步审问她？

答：没有，先生。

问：她还对你说了什么吗？

答：说了，先生。她让我——求我——去找嘉
丽·怀特。

问：你对此有何反应？

答：我让她回家。

问：谢谢你，多伊尔治安官。

维克·穆尼咧开嘴，笑着从银行信托公司"免下车"办公
室附近的阴影中蹒跚而出。他嘴巴咧得很开，如同柴郡猫①那
样的笑容，显得诡异又吓人；那笑容梦游般地漂浮在火光冲天
的黑夜里，就像是精神失常患者错乱的记忆线。他那为了担任
舞会司仪而精心打理过的头发，已乱得像鸟窝一样。额头上凝
固的血痕是他疯狂逃离舞会现场时，不记得在哪里摔了一跤留
下的。一只眼睛肿得发紫，睁都睁不开。他直直撞上多伊尔治
安官的警车，又像台球一样被弹了出去，冲着坐在后座打瞌睡
的醉酒司机咧嘴一笑。然后他转向刚送走苏·斯涅尔的多伊尔。
火焰在四周投下飘忽不定的光影，把世界变成了干涸血迹般的
褐红色。

多伊尔转过身来，维克·穆尼一把抓住了他。他紧紧地搂
住多伊尔，就像一个多情的浪荡子在跳拥抱舞时紧紧抱住他的
情人一样。他双臂搂着多伊尔，勒紧他，眼睛向上紧紧盯着多
伊尔的脸，脸上露出疯狂的笑容。

"维克——"多伊尔说道。

---

① 出自路易斯·卡罗尔的名著《爱丽丝漫游仙境》。

"她打开了所有的喷嘴，"维克龇牙笑着轻声说，"打开了所有的喷嘴，放水，哧，哧，哧。"

"维克——"

"我们不能让它们……哦，不。不不不。我们不能。嘉丽打开了所有的喷嘴。朗达·西玛德着火了。哦天天天天天哪哪哪哪哪——"

多伊尔打了他两巴掌，他那长满老茧的手掌抽在他脸上，声音很是清脆。尖叫声一下子停止了，但笑容还挂在脸上，像邪恶的回声一般，那笑容不羁又可怕。

"发生什么事了？"多伊尔说，"学校里出什么事了？"

"嘉丽，"维克嘟囔着，"发生了嘉丽。她……"他的声音渐渐弱了下去，朝地上咧嘴一笑。

多伊尔使劲摇了他三下。维克的牙齿像响板一样咔嗒咔嗒地磕在一起。

"嘉丽呢？"

"她是舞会王后，"维克低声说，"他们把血倒在她和汤米身上。"

"什么——"

晚上十一点十五分。萨默街上托尼的雪铁戈加油站突然爆炸了，发出轰然巨响。整条街顿时亮如白昼，他们两人被震得跟跟跄跄退后几步，靠在警车上，捂住眼睛。一团含油烟的巨大火云窜上法院公园的榆树梢，映红了里面的鸭塘和少年棒球场。在随后的震耳欲聋的爆炸声中，多伊尔听到玻璃、木头和加油站的煤渣碎块哗啦哗啦地落在地面上的声音。接着发生了第二次爆炸，他们又退后了几步。他还是不能相信

（我的小镇这发生在我的小镇）

这一切都发生在张伯伦镇上，发生在张伯伦，哦，看在上帝的分上！在这里，他坐在母亲家的阳台上喝冰茶，担任警官运动联盟篮球赛的裁判，每天凌晨两点半下班前经过骑士酒吧去6号公路做最后一次巡查。而如今，他的小镇成了一片火海。

汤姆·奎兰从警察局出来，沿着人行道向多伊尔的巡逻车跑去。他的头发乱糟糟地竖着，身上穿着脏兮兮的绿色工服和一件汗衫，还穿反了拖鞋，但多伊尔觉得他这辈子从来没有因为见到什么人而如此高兴过。现在汤姆·奎兰就是张伯伦，他在这里——毫发无损。

"我的天啊，"他气喘吁吁地说，"你都看见了吗？"

"发生了什么事？"多伊尔简单地问道。

"我一直在监听着无线电，"奎兰说，"莫顿和韦斯托弗想知道他们要不要派救护车过来，我说，该死的，当然要，把所有东西都派过来。包括灵车。我做得对吗？"

"很对，"多伊尔用手捋了捋头发，"你看见哈利·布洛克了吗？"布洛克是镇公共事业署署长，水也在他的管辖范围内。

"没有。但戴根队长说他们在镇那头的雷内特老街区找到了水。他们正在接水龙带。我找了几个小孩，他们在警察局搭建了一个临时医院。他们是好孩子，但他们会把血弄到你的地板上，奥蒂斯。"

奥蒂斯·多伊尔觉得这一切都不是真实的。这种对话怎么可能会发生在张伯伦镇。绝不可能。

"没关系，汤米。你做得很好。你现在回去，去给电话簿上的每个医生打电话。我现在要去萨默街。"

"好的，奥蒂斯。你要是看到那个疯婆子，就小心点。"

"谁？"多伊尔叫了起来，他平时并不是一个爱叫嚷的人。

汤姆·奎兰往后一缩。"嘉丽。嘉丽·怀特。"

"谁？你怎么知道的？"

奎兰缓缓眨了下眼睛。"我不知道。就只是……觉得是她。"

　　摘自美联社自动收报机晚间十一点四十六分收到的消息：

缅因州张伯伦镇（美联社）

　　今晚，缅因州张伯伦镇发生了一场巨大灾难。据信，这场源于埃文高中舞会的火灾，目前已蔓延到镇中心，并造成多起爆炸事件，镇中心大部分地区已被夷为平地。据报道，小镇西部的一个居民区也陷入了火海。然而，此刻最令人担忧的仍是那所举办毕业舞会的高中。据信，大部分参加舞会的人都被困在里面。一名被派至现场的韦斯托弗消防官员称目前已知的遇难人数为 67 人，大多是该校高中生。当被问及可能的总遇难人数时，他说："我们不知道，我们也不敢猜测。情况可能会很严重，甚至比椰树林夜总会火灾①还要严重。"据最新报道，该镇已有三处火势失去控制。有关蓄意纵火的传闻尚未得到证实。完。

　　美联社　8943F 五月二十七日晚十一点四十六分

---

① 椰树林夜总会大火发生于 1942 年，最终造成 492 人死亡，是美国历史上伤亡惨重的大型火灾之一。

之后再没有发自张伯伦镇的美联社电报了。零点六分，杰克逊大道上的煤气总管被打开了。零点十七分，莫顿镇来的一辆救护车在开往萨默街途中，车上一位救护人员在这里随手扔出一个烟蒂。

爆炸一下子摧毁了几乎半个街区，包括张伯伦镇《号角报》的办公室。截至零点十八分，张伯伦与正在沉睡而毫无知觉的整个国家的通讯断开了。

零点十分，煤气总管爆炸前七分钟，电话转接站出了一些状况：整个小镇所有能工作的电话线路都被占线了。三个疲惫不堪的值班姑娘仍坚守在岗位上，但完全无能为力。她们虽然因为受到惊吓而表情木然，却还是试着去接通那些根本无法接通的电话。

于是张伯伦镇的居民都拥上了街头。

他们像是来自钟鸣路和6号公路交叉口弯道处墓地的幽灵——穿着白色的睡衣、长袍，像裹着一层裹尸布。还有些人穿着睡衣、睡裤，头上戴着卷发器（道森太太——她刚刚死去的儿子生前是一个非常有趣的家伙——脸上敷着泥状面膜，像是要去参加黑脸秀）；他们跑出来看自己的小镇发生了什么事，看它是不是真的大火肆虐、血流成河。他们中的许多人也活不久了。

这些人如洪水一般挤向卡林大街，在漫天火光的照耀下向市中心拥去。而这时嘉丽刚做完祈祷，正从卡林大街的教堂里走出来。

　　她是在五分钟之前，也就是她打开煤气总管（打开它很容易，她只要想象着它躺在街道下的画面，就可以很轻松地打开它）之后进的教堂，但这五分钟却像几个小时那样漫长。她认真祈祷了很久，有时大声祷告，有时则默不作声。她的心怦怦直跳，筋疲力尽。脸上和脖子上的血管都鼓起来了，满脑子想的都是**力量**和**地狱**之类的字眼。她穿着她那件湿漉漉的、血迹斑斑的破礼服跪在祭坛前，光着脚，脚上也是污渍斑斑，之前踩到了一个碎瓶子，还在流血。她呜咽着散发精神能量的时候，整个教堂像是也在呜咽、震颤着，仿佛要裂开了一样。教堂里的长椅倒在地上，赞美诗集飘了起来，一套银餐具静静地飘过教堂中殿拱形的黑暗区域，撞向了远处的墙壁。她祈祷了，却没有得到任何回应。那里什么人都没有——或者即使有，就连他／它也在躲避她。上帝把脸转过去了，为什么不呢？这恐怖不仅是她的作品，更是上帝的。于是她离开了教堂，离开它回家，回家去找她的妈妈，让这毁灭更彻底。

　　她在最后一级台阶上停了下来，看着一群群人拥向市中心。全都是畜生。那就烧死他们吧。让街道充满他们献祭的气息。这个地方要大难临头了！

　　发力。

　　灯杆上的变压器迸发出炫目的紫光，喷出转轮烟火般的火花。高压电线像"掷杆子"游戏般乱成一团，落在街上，有些人跑了起来，这对他们来说可不太妙，因为现在整条街上都散落着电线，熏臭味出现了，燃烧开始了。人们大声尖叫，后退，有些人碰到了电线，整个人都在抽搐。一些人已经倒在了街上，他们的长袍和睡衣也冒出了烟。

嘉丽转过身来，目不转睛地看着她刚离开的教堂。那扇沉重的门突然关上了，像是有一阵飓风刮过。

嘉丽转身向家走去。

摘自科拉·西玛德夫人在州调查委员会的宣誓证词（节选自《怀特委员会报告》），第217—218页：

问：西玛德夫人，你在舞会之夜事件中失去了女儿，我们对此深表同情。我们的问话会尽量简短。

答：谢谢你。当然，如果可以，我愿意帮忙。

问：当晚大约零点十二分，嘉丽塔·怀特从卡林街上的第一公理会教堂出来时，你也在那里吗？

答：是的。

问：你为什么在那里？

答：我丈夫出差了，得在波士顿过周末，朗达去参加春季舞会了。我一个人在家看着电视，等她回来。我在看《周五影院》的时候，市政厅的警笛响了，但我没有把它和舞会联系起来。然后发生了爆炸……我不知道该怎么办。我想给警察局打电话，但只拨了前三个号码，就听到了忙音。我……我……然后。

问：慢点说，西玛德太太。不用着急。

答：我快疯了。这时又发生了第二次爆炸——是泰迪的阿莫科加油站，我现在知道了——然后我决定去市中心看看究竟发生了什么。天空中闪着火光，非常可怕。这时，谢尔斯太太来敲门了。

问：是乔吉特·谢尔斯太太吗？

答：是的，他们住在拐角处，柳树街217号，离卡林街不远。她砰砰地敲着门，喊道："科拉，你在吗？你在吗？"我打开门。她穿着浴袍和拖鞋。她的脚看起来很冷。她说他们给韦斯托弗镇打过电话了，问他们是否知道些什么，然后他们告诉她学校着火了。我说："哦，天哪，朗达就在舞会上。"

问：就是这时你决定和谢尔斯太太一起去市中心吗？

答：我们没有决定什么。我们就是去了。我穿上一双拖鞋——我想是朗达的，上面有白色的小绒球。我应该穿我自己的鞋的，但我当时没法想太多。我想我现在也没用脑子，你们又怎么会想听我说鞋子的事呢？

问：没关系，西玛德太太，你按自己的方式说。

答：谢——谢谢你。我给谢尔斯太太拿了手边的一件旧夹克，我们就走了。

问：卡林街上有很多人吗？

答：我不知道。我太忐忑了。可能有30人。也有可能更多。

问：发生什么事了？

答：我和乔吉特手拉着手朝主街走去，就像天黑后穿过草地的两个小女孩一样。我记得乔吉特的上下牙齿一直在打架。我想让她别再磕牙了，但又觉得这不太礼貌。在离第一公理会教堂一个半街区远的地方，我看见教堂的门开着，心想，有人进去祈祷，请求上帝的帮助了。但很快我就知道不是这样的。

问：你是怎么知道的？大多数人会那么想的，这符合逻辑，不是吗？

答：我就是知道。

问：你认识从教堂里出来的那个人吗？

答：认识，是嘉丽·怀特。

问：你以前见过嘉丽·怀特吗？

答：没有。她并不是我女儿的朋友。

问：你以前看过嘉丽·怀特的照片吗？

答：没有。

问：不管怎么说，当时天很黑，而你又离教堂有一个半街区远。

答：是的，先生。

问：西玛德太太，你怎么知道那是嘉丽·怀特呢？

答：我就是知道。

问：西玛德太太，这种"知道"是不是就像你的脑海里闪过一道光？

答：不是的，先生。

问：那它是什么？

答：我说不上来，它就像梦一样逐渐消失了。就像你起床一个小时之后，就只会记得你做了一个梦那样。但我就是知道。

问：有什么心理情绪和这种"知道"一起出现吗？

答：有。是恐惧。

问：然后你做了什么？

答：我转过身对乔吉特说："她在那儿。"乔吉特说："是的，那就是她。"她还说了一些其他的，然后伴着一阵噼噼啪啪的声音，整条街都被一道明亮的光照亮了，接着电线开始落在大街上，有些电线还冒着火花。有一根电线掉在我们前面一个男人的身上，他一下就烧了起来。另一个男人刚开始跑，就踩到了一根电线，他的身体向后拱起，好像他的背变成了橡皮筋，随后他倒在了地上。其他人尖叫着四处乱跑，越来越多的电线掉了下来。地上落满了电线，像蛇一样。但她却很高兴。很高兴！我能感觉到她在高兴。我知道我必须要保持冷静。跑的人都触电而死了。乔吉特说："快啊，科拉。天哪，我可不想被活活烧死。"我说："闭嘴。我们必须要用脑子，乔吉特，要不然我们就再也用不上它们了。"我说的就是类似这样的蠢话。但是她没听我的。她松开我的手，向人行道跑去。我大喊着让她停下——有一根粗重的主电缆就掉在我们的正前方——但她不听。然后她……她……哦，她烧起来的时候，我能闻到她烧起来的味道。烟好像从她的衣服里喷了出来，我想，人触电的时候一定都是这样的。那味道很香，像猪肉味。你们有人闻过那种味道吗？有时我会在梦里闻到它。我一动不动地站着，看着乔吉特烧焦。然后西区发生了剧烈的爆炸——我猜是煤气总管——但我没有在意。我看了看周围，街

上只有我一个人了。其他人要么逃走了，要么被烧死
了。我看到了大概有六具尸体，它们就像一堆堆破
布。一根电线掉落在左边一所房子的门廊上，然后那
房子烧了起来。我能听到老式木瓦片像炸爆米花一样
噼啪作响。我好像在那里站了很长一段时间，告诉自
己要保持冷静。那段时间就像几个小时一样漫长。我
开始害怕自己会晕倒在一根电线上，或者害怕自己会
惊慌失措，开始乱跑。就像……就像乔吉特。于是我
开始走。一步一步走。因为房子着火了，街道被照得
更亮了。我跨过两根带电的电线，绕过一具烧成一堆
的尸体。我——我——我必须要仔细看看下一步往哪
儿走。一具尸体的手上戴着一枚结婚戒指，但全都烧
黑了，全黑了。天哪，我当时想。哦，我的天哪。跨
过另一根电线之后，我面前出现了三根在一起的电线。
我站在那里看着它们。我想我要是能跨过去就安全了，
但是……我不敢。你知道我一直在想什么吗？在想我
们小时候玩的游戏。迈大步。我脑子里有个声音在说，
科拉，一大步迈过街上的电线。但我在想我可以吗？
我可以吗？有一根电线还在冒着火花，另外两根看上
去已经没电了。但你没法确定。第三轨①看上去也不
像带电的啊。于是我站在那里，等着有人来救我，但
根本没人来。那房子还在烧，火焰已经蔓延到它旁边

---

① 第三轨又称供电轨，指安装在城市轨道（地铁、轻轨等）线路旁边的用来
供电的一条轨道。

194

的草坪、树木和篱笆上。但是没有消防车来。他们根本没法来，整个西区都在燃烧。我觉得头很晕。最后我意识到我要么迈出这一大步，要么晕倒在这里，所以我就迈出了这一步，尽我最大的能力迈出这一大步，我的鞋跟差一点就碰到最后一根电线了。然后我走了过去，绕过另一根电线的末端，开始跑了起来。我只记得这些。当早晨我醒过来的时候，我和其他许多人一样，躺在警察局的毯子上。他们中有些人——就几个——是穿着毕业舞会礼服的孩子，于是我就问他们有没有看见朗达。他们说……他们说……

（短暂休息）

问：你肯定这一切都是嘉丽·怀特干的？

答：我肯定。

问：谢谢你，西玛德太太。

答：如果可以的话，我想问一个问题。

问：当然。

答：如果还有其他像她这样的人，会发生什么？这个世界会怎么样？

摘自《潜能爆发》第151页：

截止到五月二十八日零点四十五分，张伯伦镇的情况已经非常危急。埃文高中位置较为偏僻，如今已被焚毁，但整个镇中心仍在熊熊大火中。该地区几乎所有的自来水都已流尽，但从戴根大街自来水总管引来的水（低压水）仍够解救主街和橡木街交叉口的商业建筑。

位于萨默街北段的托尼加油站爆炸引发的大火直到那天上午十点钟才得到控制。萨默街上有水；但根本没有消防员或消防设备来使用它。当时，从路易斯顿、奥本、里斯本和布伦瑞克派来的消防车还在赶来的路上，他们直到一点钟才赶到现场。

卡林街上，电线坠落引发了电气火灾。最终，大火烧毁了整条街的北部，包括玛格丽特·怀特生下女儿的那栋平房。

在小镇西部，也就是通常所说的砖厂山下，发生了最严重的灾难：煤气总管爆炸，它引发的大火在第二天的大部分时间里还未得到控制。

如果我们观察一下张伯伦镇地图上标出的这些闪光点（见下页），就能发现嘉丽的路线——镇上环形的毁灭之路也即是她的行进路线，这条路线有一个明确的目的地：家……

客厅里有什么东西倒了下来，玛格丽特·怀特直起身子，头侧向一边。切肉刀在火光的映衬下发出微光。电已经停了一段时间了，房子里唯一的光亮来自街上的火光。

墙上的一幅画咚的一声落在了地上。过了一会儿，黑森林杜鹃钟也落了下来。那只机械鸟发出一声微弱的、被人扼住喉咙似的嘎叫声，然后就没有动静了。

镇上传来没完没了的警报声，但她仍能听到外面走在人行道上的脚步声。门被打开了。过道里传来了脚步声。

她听见客厅里的石膏画像（基督，看不见的客人；耶稣会怎么做；时辰近了；若今夜进行审判，你准备好了吗）一个接一个地粉碎了，就像射击场里的石膏靶子一样。

（哦我去过那里看到妓女在舞台上扭屁股）

她端端正正地坐在凳子上，就像是一个已经成为班级第一的聪明学生，但她的眼神透着癫狂。

起居室的窗户都向外打开了。

厨房的门砰地关上了，嘉丽走了进来。

她的身体似乎扭曲了、萎缩了，像个干瘪的老太婆。舞会礼服已经破烂不堪，猪血开始凝结成块。她额头上沾着一块油斑，双膝上有擦伤。

"妈妈。"她低声说。她的眼睛像鹰眼一样异常明亮，但她的嘴却在颤抖。如果当时有人在旁观看，那么他会讶异于她们两人的相似之处。

玛格丽特·怀特坐在厨房的凳子上，把切肉刀藏在腿旁裙子的褶皱里。

"他把那东西放进我身体里的时候，我就应该自杀的，"她清清楚楚地说道，"第一次是在我们结婚之前，那之后他答应我，再也不会那样做了。他说我们只是……疏忽了。我相信了他。我摔倒了，然后失去了一个孩子，这是上帝的判决。我觉得我已经赎了罪。用鲜血。但罪孽永远都不会消失。罪孽……永远不会……消失。"她的眼睛闪着光。

"妈妈，我——"

"一开始还好。我们的生活里没有一丝丝罪孽。我们睡在同一张床上，有时肚子贴着肚子，哦，我能感觉到那条蛇的存在，但我们，从来都没有，做过，直到……”她咧嘴一笑，笑容狰狞又可怕，“直到那天晚上，我看见他用那种眼神看着我。我们跪下祈求力量，可他却……摸了我。摸了我那里。女人的那里。我就把他赶了出去。他出去了好几个小时，我一直都在为他祈祷。我透过心灵之眼可以看到他走在午夜的街道上，和魔鬼搏斗着，就像雅各与上帝的天使搏斗那样。他回来的时候，我的心里充满了感恩。”

她停了下来，咧着干得没有一丝唾沫的嘴巴，对着房间里变幻不定的阴影笑了一下。

“妈妈，我不想听！”

橱柜里的盘子像泥制飞靶一样炸开了。

“直到他进来，我才闻到他嘴里威士忌的味道。他强占了我。强占了我！和着他身上那一股肮脏小旅馆里的威士忌味儿，他占有了我……而我也喜欢那感觉！”她冲着天花板喊出了最后几个字。“我喜欢哦这一切肮脏的性交还有他的手抚摸着我**摸遍我全身**。”

“妈妈！”

（！！妈妈！！）

她像是挨了一巴掌似的突然打住了话头，对着自己女儿眨了眨眼睛。“我差点儿自杀，”她用一种略微正常的语气说道，“拉尔夫哭着说要赎罪，所以我就没有自杀，后来他死了，再后来我觉得上帝会让我得癌症；他把我的女人的部分变得和我罪恶的灵魂一样地邪恶、腐烂。但这惩罚对于我来说未免也太轻松了。上帝以神秘的方式来彰显他的神迹。我现在明白了。阵痛开始时，我去拿了把刀，就是这把刀——”她把刀举起来，

"等你一生下来，我就可以向上帝献上自己的燔祭。但我太软弱了，没下得去手。你三岁的时候，我又拿起了这把刀，可是我又心软了。所以现在魔鬼来了。"

她举起刀，双眼像被催眠似的盯着那闪着光的刀刃。

嘉丽跌跌撞撞地向前缓缓迈了一步。

"我是来杀你的，妈妈。而你却在这里等着要杀我，妈妈，我……这是不对的，妈妈。这不……"

"我们一起祈祷吧。"妈妈轻声说。她直勾勾地盯着嘉丽的眼睛，她们彼此眼里都有一种疯狂的、可怕的怜悯之情。火光更亮了，倒影像苦行僧一样在墙上跳舞。"最后一次，我们一起祈祷。"

"哦妈妈帮帮我！"嘉丽喊道。

她跪倒在地，头朝下，双手举起，开始祈祷。

妈妈向前倾着身子，刀子向下一砍，在空中划出一道闪亮的弧线。

也许是眼角余光看到了这一切，嘉丽猛地往后一缩，刀子没有砍透她的后背，而是直刺到她肩膀上，刀身完全没入了她的肩膀。妈妈的脚被椅子腿绊了一下，摔坐在地上。

她们沉默地看着对方。

血开始从刀柄周围渗出来，滴在了地板上。

然后嘉丽轻声说："妈妈，我要送你一件礼物。"

玛格丽特挣扎着站起来，跟跄了一下，又倒在了地上。"你在干什么？"她声音嘶哑地吼道。

"我在描画你的心脏，妈妈，"嘉丽说，"用脑子看着它做起来会更容易。你的心脏是一块巨大的红色肌肉。当我使用我的力量时，我的心脏跳得就快一点。但是你的心脏现在跳得慢一些了。再慢一些。"

玛格丽特又挣扎着站起来，又一次倒在了地上，她做出了"恶毒之眼"的手势。

"慢一些，妈妈。你知道是什么礼物吗，妈妈？就是你一直想要的。黑暗。还有上帝居所里的一切。"

玛格丽特·怀特低声说："我们在天上的父——"

"慢一点，妈妈。再慢一点。"

"——愿人都尊父的名为圣——"

"我能看到血倒流回你的身体。慢一点。"

"——愿你的国降临——"

"你的手和脚像大理石，像雪花石膏。都是白色的。"

"——愿你的旨意——"

"我的旨意，妈妈。再慢一点。"

"——行在地上——"

"再慢一点。"

"——如……如……如在……"

她瘫倒在地，双手抽搐着。

"——如在天堂。"

嘉丽低声说："句号。"

她低头看了看自己，虚弱地把手放在刀柄上。

（不哦不那很疼那太疼了）

她试着站起来，但站不起来，之后她扶着妈妈的凳子才站了起来。她感到头晕目眩，反胃恶心。她能感受到喉头处涌动的鲜血，鲜亮丝滑的鲜血。现在，刺鼻的、令人窒息的烟正从窗外飘进来。火焰已经蔓延到隔壁；那很早以前被石头砸穿过的屋顶，可能正燃着星星点点的火花。

嘉丽从后门出去，摇摇晃晃地穿过草坪，靠在

（我妈妈在哪儿）

一棵树上休息了一会儿。她应该还有件什么事要去做。关于

（路边旅馆的停车场）

执剑天使的事。那把火剑。

没关系。她总会想起来的。

她穿过后院，来到柳树街上，然后爬上路堤，来到 6 号公路。

现在是一点十五分。

克莉丝·哈根森和比利·诺兰在晚上十一点二十分回到骑士酒吧。他们爬上后面的楼梯，上了楼，穿过大厅，她刚打开灯，他就一把拽住了她的衬衫。

"看在上帝的分上，让我解开扣子吧——"

"去他的扣子。"

他突然把她的衬衫往下一扯，布被狠狠地撕裂了，一颗扣子砰的一声爆开，掉在光秃秃的木地板上闪闪发光。楼下酒吧的低俗音乐隐隐约约地传了上来，伴着农民、卡车司机、工人、女服务员、理发师、油漆工，还有从韦斯托弗和路易斯顿来的墨西哥人以及他们的同乡女友们笨拙而热情的舞步，整座房子也在微微颤动着。

"嘿——"

"闭嘴。"

他给了她一巴掌，扇得她的头直往后仰。她眼睛里迸射出毫无掩饰的狠毒。

"我们玩完了，比利。"她从他身边退开，胸罩下乳房高高地挺立着，平坦的腹部因呼吸而起起伏伏，牛仔裤裹着细长的腿；但她却向床边退去。"结束了。"

"当然。"他说。他扑向她，她一拳打在他脸颊上，打得出奇地重。

他直起身子，微微摇了摇头。"你把我眼睛都打青了，你这婊子。"

"我还能再给你几拳。"

"来啊。"

他们气喘吁吁，怒目而视。然后他开始解自己衬衫的扣子，脸上挂着笑。

"你真让我兴奋，查理。你可真让我性起啊。"只要她令他开心时，他就叫她查理。她冷笑了一下，心里想，这似乎是他对"好女人"的通称。

她稍微放松了一点，脸上也露出了一丝微笑。就在这时，他把衬衫甩在她的脸上，头低下来，像山羊一样猛撞在她的肚子上，把她撞翻在床。弹簧床发出嘎吱嘎吱的声音。她无助地用拳头捶着他的背。

"放开我！放开我！放开我！你这该死的油脂球①，放开我！"

他朝她咧嘴一笑，猛地一拉，把她裤子的拉链给撕开了，

---

① 油脂球是指对地中海和拉美地区人侮辱性的称呼。

露出了她的屁股。

"给你老爸打电话?"他哼哼着,"你是不是想这样做啊?嗯?嗯?是不是这样啊,贱货?给你那当律师的狗玩意儿老爹打电话吗?嗯?我会那么对付你的,你知道吗?我会把它倒在你该死的脑袋上。你知道吗?嗯?知道吗?猪血就该给猪喝,对吧?倒得你满头满脸。你——"

她突然不再抵抗。他停了下来,俯视着她,她脸上带着奇怪的微笑。"你一直都想这样干的,不是吗?你这个可怜的小混蛋。就那样,不是吗?你这个狗娘养的下流胚软蛋。"

他的笑容慢慢绽开,带着疯狂的意味。"无所谓。"

"是的,"她说,"无所谓。"她的笑容突然消失了,脖子向后仰,用力清了清嗓子,脖子上青筋爆出——朝他脸上吐了一口口水。

他们扭成了一团。

楼下的音乐还在咚咚地响个不停("我吃着白色小药片 / 我眼睛睁得大大地 / 在路上已经有六天 / 今夜我要把家还"),乐队奏着乡村和西部音乐,全情投入,声音很燃,也很吵;乐队里的五个人都穿着亮片牛仔衬衫和牛仔裤,裤腿挽起;他们热情地演奏着自己的乐器,偶尔擦一擦眉毛上和主吉他、节奏吉他、夏威夷吉他、冬不拉吉他和鼓上的混着维塔利斯发油的汗水;没人听到镇上的警报声,甚至是那两次爆炸声;煤气总管爆炸后,有人开车驶进停车场,大声叫着镇上着火了,音乐停下来时,克莉丝和比利都还在睡梦中。

床头柜上的表指向零点五十五分时,克莉丝突然醒了。有人在狠狠地敲门。

"比利！"那个声音大吼着，"快起来！嘿！嘿！"

比利动了一下，翻了个身，把那只廉价闹钟碰倒在地。"怎么回事儿，妈的？"他粗声粗气地说着，然后坐了起来。他的背上一片刺痛。那个贱人抓得他背上全是长道。他当时没有注意到，但现在他决定要让她软着两条腿回家。他只是想让她知道谁才是——

他突然觉得周围很安静。安静得出奇。骑士酒吧凌晨两点钟才会关门；而事实上，他透过阁楼满是灰尘的窗户，还能看到霓虹灯在闪着光。除了不断的砸门声，

（出事儿了）

这地方就像个坟场。

"比利，你在里面吗？嘿！"

"谁啊？"克莉丝低声说。在忽明忽暗的霓虹灯光下，她的眼睛闪着警惕的光芒。

"杰基·塔尔博特，"他心不在焉地说，然后提高了嗓门，"让我进去，比利。我有话要跟你说！"

比利光着身子从床上下来，蹑手蹑脚地走到门口。他移开老式防盗链，开了门。

杰基·塔尔博特冲了进来。他双眼大睁，脸上满是煤烟。十二点十分消息传来时，他正和史蒂夫、亨利一起喝得酩酊大醉。他们坐着亨利那辆老旧的道奇敞篷车回到镇上，在砖厂山上清清楚楚地看见了杰克逊大街煤气总管爆炸的情况。杰基零点三十分借了这辆道奇车开过来的时候，张伯伦镇已经变成了一片废墟。

"张伯伦起火了，"他对比利说，"是他妈的整个镇子。学校没了。镇中心也没了。西区也发生了大爆炸——煤气总管爆炸了。卡林大街也烧了起来。他们说这都是嘉丽·怀特干的！"

"哦，天哪，"克莉丝叫了一下，从床上爬了起来，摸索着自己的衣服，"怎么——？"

"闭嘴，"比利低声说，"不然我就揍你。"他又看了看杰基，点点头示意他继续说下去。

"他们看见她了。很多人都看见她了。比利，他们说她浑身是血。他娘的她也在今晚的舞会上……史蒂夫和亨利到现在还没有明白，但是……比利，是不是你……那些猪血……它是——"

"是的。"比利说。

"哦，不。"杰基身子一软，靠在了门框上。他的脸色在走廊灯光下是那么的憔悴、暗黄。"哦，天哪，比利，整个镇子——"

"嘉丽把整个镇子都毁了？嘉丽·怀特？你他妈的脑子有病吧。"他平静地说，甚至还很冷静。在他身后，克莉丝正快速地穿着衣服。

"去看看窗外。"杰基说。

比利走过去往外看。东边整个地平线都变成了赤红色，天空也被照亮了。就在他看的时候，三辆消防车呼啸而过。在标记着骑士酒吧停车场的街灯灯光下，他能看清楚车上面的名字。

"狗娘养的，"他说，"那些卡车是从布伦斯威克来的。"

"布伦斯威克？"克莉丝说，"那儿离这儿有四十英里远。不可能……"

比利转向杰基·塔尔博特。"好吧。发生什么事了?"

杰基摇摇头。"没人知道,现在还不知道。一切都是从学校开始的。嘉丽和汤米·罗斯被选为舞会的国王和王后,有人往他们身上倒了两桶血,然后她就跑了出去。然后学校着火了,他们说没人逃出来。然后泰迪开的阿莫科加油站爆炸了,然后是萨默街上开着的美孚加油站……"

"雪铁戈,"比利纠正,"是雪铁戈加油站。"

"谁他妈的还在乎这些?"杰基尖叫了起来,"是她,每个出事的地方都有她!那些水桶……我们都没戴手套……"

"我会处理的。"比利说。

"你不明白,比利。嘉丽是……"

"出去。"

"比利——"

"出去,不然我就打断你的胳膊,塞到你嘴里。"

杰基小心翼翼地退了出去。

"赶紧回去。不要告诉任何人。我会处理好这一切的。"

"好吧,"杰基说,"好的。比利,我只是想……"

比利砰的一声关上了门。

克莉丝马上走到他旁边。"比利,我们怎么办?嘉丽那个贱货,哦天哪我们要怎么办——"

比利抡起手臂,扇了她一巴掌,一下子把她扇倒在地。克莉丝被扇懵了,在地上静静地躺了一会儿,然后捂着脸,哭了起来。

比利穿上裤子、T恤和靴子。然后,他走到角落里有缺口的瓷洗手盆前,咔嗒一声打开灯,弄湿头发,开始梳头;他弯下腰，端详那面满是斑点的破镜子里自己的样子。在他身后，镜子里扭曲变形的克莉丝·哈根森正坐在地板上，小心翼翼地擦着嘴唇上的裂口里流出来的血迹。

"我来告诉你我们要做什么，"他说，"我们要进城去看大火。然后我们各自回家。你去告诉你亲爱的老爸，事情发生的时候我们正在骑士酒吧喝啤酒。而我会告诉我亲爱的老妈同样的事情。懂吗？"

"比利，你的指纹……"她说。她的声音低沉，但透着恭敬。

"是他们的指纹，"他说，"我戴了手套。"

"他们会说出去吗？"她问道，"如果警察抓住了他们，审问他们……"

"当然，"他说，"他们铁定会说出去的。"他的鬈发快要梳好了。它们在沾满苍蝇屎的灯泡的黯淡光线下闪着光，就像深水中的漩涡。他的表情平静沉稳。他用的是一把破旧的埃斯牌梳子，上面沾满了油污。这是他父亲在他十一岁生日时送给他的礼物，到如今一根梳齿都没断。一根都没断。

"也许他们永远都找不到水桶，"他说，"即使他们找到了，上面的指纹可能也烧掉了。我不知道。但如果多伊尔抓住了他们中的任何一个，我就马上离开这里去加利福尼亚。你也自求多福吧。"

"你能带我一起去吗？"她问。她坐在地板上看着他，嘴唇肿得像个黑人，眼睛里充满了恳求的神色。

他笑了笑。"也许吧，"但他不会再为她做什么了，再也不会，"走吧。我们现在去镇上。"

他们下了楼，穿过空荡荡的舞厅，那里的椅子还保持着拉出的状态，桌上还有没喝完的啤酒。

他们从防火门走出去时，比利说："话说回来，这地方本来就糟透了。"

他们上了车，发动了车子。打开车头灯时，克莉丝双手握拳，举到脸颊旁，尖叫了起来。

与此同时，比利也感觉到了：某种东西进入了他的大脑，

（嘉丽　嘉丽　嘉丽　嘉丽）

一种存在。

嘉丽就站在他们前面，大约七十英尺远的地方。

远光灯打在她身上——她浑身是血，血还在往下滴，这一幕简直就是黑白恐怖电影里的场景。但现在那些血大多是从她肩上的伤口流出来的。那把刀依然插在她肩上，她的礼服上沾满了泥土和草渍。她从卡林大街爬了很长一段路才到这里，就快要晕过去了；她来就是要毁掉这所旅馆——也许她出生的命运就是始于这里。

她摇摇晃晃地站在那里，像舞台上的催眠师一样伸出双臂，跟跟跄跄地走向他们。

一切都发生在一瞬间。克莉丝的第一声尖叫甚至还没有停。比利的反应敏捷又迅速。他把车挂到低档，松开离合，踩下油门。

雪佛兰汽车的轮胎与沥青路面猛烈摩擦，发出刺耳的声音，汽车像一个古老可怕的食人魔一样向前冲去。嘉丽的身影在挡风玻璃前一下子胀大，与此同时，脑海中的声音越来越响

（**嘉丽　嘉丽　嘉丽**）

越来越响

（嘉丽　嘉丽　嘉丽）

就像收音机的音量调到了最大。在他们周围，时间慢得仿佛停
止了；有那么一会儿，他们即使在动，看起来也像是被定住了：
比利

（**嘉丽**就像那些狗**嘉丽**就像那些该死的狗**嘉丽**布鲁西我希望
死的**嘉丽**是**嘉丽**你）

和克莉丝

（**嘉丽**天哪不要杀她**嘉丽**没想要杀她**嘉丽**比利我不**嘉丽**想**嘉
丽**看到这一切**嘉**）

还有嘉丽自己。

（看到车轮汽车车轮油门踏板车轮我看着车轮哦上帝我的心
脏我的心脏我的心脏）

比利突然觉得他的车不听使唤了，它像是有了自己的主意，
在他手里直打滑。雪佛兰车冒着烟转了半圈，直排气管发出突
突的排气声，骑士酒吧的护墙板突然鼓了起来，鼓了起来，鼓
了起来，

（这就是）

他们以四十迈的速度撞了上去，车子还在不断加速，木片带着
霓虹灯的光芒四处飞散开来。比利撞到了方向盘上，转向柱刺
穿了他的身体。克莉丝撞上了仪表盘。

油箱裂开了，汽油漏了出来，在车尾部的地上积聚。一截
直排气管掉了进去，汽油开始燃烧。

嘉丽侧身躺着，闭上眼睛，喘着粗气。她的胸部像烧着了
一般炙热。

她开始拖着身子爬过停车场，却不知该去哪里。

（妈妈对不起一切都错了哦妈妈哦求求你哦求求你我好疼妈妈我该怎么办）

突然间，一切似乎都不重要了。如果她能翻过身来，翻过身来看一眼星星，翻过身来再看一眼，然后死去，那一切就都无所谓了。

苏凌晨两点钟找到她时她就是这样的。

离开多伊尔警长后，苏沿着街道走到了张伯伦自助洗衣店，坐在门口的台阶上。她瞪着燃烧着的天空，但并没有在看它。汤米死了。她知道这是真的，并且很轻易地接受了这个事实，这很可怕。

是嘉丽干的。

她不知道自己是怎么知道的，但这一信念就像算术一样纯粹、正确。

时间一分一秒过去了。没什么大不了的。麦克白谋杀了睡眠，嘉丽谋杀了时间。真好。这句妙语。苏悲哀地笑了。这会是我们的女主角、可爱的十六岁女孩的结局吗？现在再也不用担心乡村俱乐部和克莱恩·科纳斯社区了。再也不用了。什么都没了，全烧光了。有个人从她身边跑过去，嘴里嚷嚷着卡林大街着火了。活该。汤米死了。嘉丽回家杀她妈妈去了。

（???????????）

她笔直地坐着，凝视着黑暗。

（???????????）

她不知道自己是怎么知道的。这和她读过的有关心灵感应的书毫无关系。她脑子里没有图像，没有一闪而过的醍醐灌顶，她就只是知道了；就像你知道夏天会随着春天而来、癌症会夺去你的生命一样，她知道嘉丽的母亲已经死了，而且——

（！！！！！）

她的心脏在胸腔里剧烈跳动。死了？她审视了自己对这一事件的了解，试图忽视自己那毫无根据却又十分坚定的先知先觉。

是的，玛格丽特·怀特死了。死于心脏问题。但她刺伤了嘉丽。嘉丽受了重伤。她是……

没有其他内容了。

她起身跑回她妈妈的车旁。十分钟后她把车停在了布兰奇街和卡林街的拐角处，那里也着火了。当时还没有消防车来救火，但是街的两头都搭上了锯木架，路边冒着油烟的罐子照亮了一个牌子，上面写着：

危险！电线带电！

苏抄近路穿过两家人家的后院，从一丛含苞欲放的树篱中挤了过去，身上被树篱的小硬刺划了很多口子。她在离怀特家一个院子远的地方钻了出来，走到路的对面。

怀特家的房子已经烧了起来，屋顶也着了。想凑近点看里面的情况已经不可能了。但在强烈的火光下，她也看清了一些东西：地上嘉丽留下的血迹。她低着头顺着血迹，经过几处较大的血迹点，那是嘉丽停留在那里休息时留下的，穿过另一道树篱，经过柳树街的一个后院，随后穿过一片未经修剪的、灌木丛生的松林和橡树林。再之后，是一条短短的、还未铺设路面的小路——只是一条泥路——路面向右侧蜿蜒向上，逐渐远离 6 号公路。

她突然停了下来,因为怀疑让她犹豫不决。假设她能找到她,然后怎么办呢?心力衰竭?纵火?被逼走向迎面而来的汽车或消防车前?她的特殊直觉告诉她,这些事嘉丽都能办到。

(找警察)

她咯咯地笑了起来,一屁股坐在满是露水的草地上。她已经找过一个警察了。就算奥蒂斯·多伊尔相信了她,那又怎样呢?她脑海中浮现出这样一幅画面:上百个不顾一切的追捕者围着嘉丽,要求她交出武器投降。嘉丽顺从地举起双手,把头摘下来,然后递给多伊尔警长;多伊尔庄严地把它放进一个柳条筐里,上面标记着"A 号展品"。

(汤米死了)

哦,哦。她哭了,双手捂着脸轻轻抽泣。一阵微风吹过山顶上的杜松树丛。更多的消防车在 6 号公路上呼啸而过,在黑暗里就像一只只巨大的红色猎犬。

(镇子要烧没了哦)

她不知道自己在那里坐了多久,哭了多久,她似乎迷迷糊糊地快睡着了。她甚至没有意识到她在跟着嘉丽往骑士酒吧的方向走去,就像她没有意识到自己在呼吸,除非她特意去关注一样。嘉丽伤得很重,此刻支撑着她往前走的只是坚毅的决心了。即使横穿过去,她离骑士酒吧也还有三英里路。苏

(看见?想到?这不重要)

嘉丽跌进一条小溪,挣扎着爬了出来,浑身冰凉,直打哆嗦。她还能坚持往前走真是令人惊讶。这一切当然都是为了妈妈。妈妈想让她成为天使的火箭,去毁灭——

（她也会去毁了它）

她站起身来，开始笨拙地往前跑，不再去追踪那血迹。她不需要再跟着它了。

摘自《潜能爆发》第164—165页：

无论我们中谁对嘉丽·怀特事件有什么看法，它都已经是过去时了。是时候面向未来了。正如迪恩·麦高芬在他刊登于《科学年鉴》的出色论文中指出的那样，如果我们不这么做，我们肯定要付出代价——高昂的代价。

这里出现了一个令人苦恼的道德问题。目前完全分离TK基因的研究已经取得了进展。科学界或多或少会有人认为（例如，详见伯克和汉尼根刊登在伯克利1982年出版的《微生物学年刊》上的文章——《论TK基因的分离及对其参数控制的具体建议》），测试程序一经建立，所有学龄儿童都将接受常规测试，正如他们现在接受的肺结核皮下注射检查一样。然而，TK基因并不是一种细菌；它和人眼睛的颜色一样，都是TK基因携带者身体的一部分。

如果显性TK能力在青春期出现，而且如果这种假设的TK测试是在孩子们上一年级时就进行，那么我们肯定能提前掌握情况。但在这种情况下，提前了解就可以提前准备吗？如果结核病检测结果呈阳性，我们可以对儿童进行治疗或隔离。而如果TK检测结果呈阳性，我们除了给他一枪之外，再没有别的治疗方法。一个终将有能力推倒所有高墙的人，我们又怎么可能把他隔离起来呢？

退一步看，即使我们能够隔离成功，美国人民会允许让一个漂亮的小女孩在刚进入青春期的时候，就被迫与父母分开，然后被关进银行的保险库里度过余生吗？我对此表示怀疑，尤其是在怀特委员会如此努力地让公众相信张伯伦的噩梦完全是偶然事件之后。

诚然，我们似乎又回到了起点。

摘自苏珊·斯涅尔在缅因州州调查委员会面前所做的宣誓证词（源自《怀特委员会报告》），第306—472页：

问：斯涅尔小姐，现在委员会想要审查你关于所谓的与嘉丽·怀特在骑士酒吧停车场相遇的证词……

答：你们为什么要一遍又一遍地问同样的问题？我已经说了两次了。

问：我们只是想要确保记录的准确性，在每个……

答：你们想抓住我在撒谎，不是吗？难道你们不是这个意思吗？你们认为我没说实话，不是吗？

问：你说你遇到嘉丽是在……

答：你能回答我吗？

问：……在五月二十八日凌晨两点钟左右。对吗？

答：在你回答我刚才的问题之前，我不会再回答任何问题。

问：斯涅尔小姐，如果你以宪法规定以外的任何理由拒绝回答我们的提问，本委员会有权以藐视为由对你提出指控。

答：我不在乎你们有权做什么。我失去了我爱的人。把我关进监狱吧。我也不在乎。我……我……哦，去死吧。你们都去死吧。你们想……想……我不知道，折磨我还是怎么样。放过我吧！

（短暂休息）

问：斯涅尔小姐，现在你愿意继续作证了吗？

答：是的。但我不想被喋喋不休地纠缠，主席先生。

问：当然不会，小姐。没人想纠缠你。现在你说你是在两点钟左右在这家酒吧的停车场遇到了嘉丽。对吗？

答：对。

问：你知道时间？

答：是的，我当时就戴着你现在看到的我手腕上的这块表。

问：好的。骑士酒吧离你停放你妈妈的车的地方不是超过六英里远吗？

答：那是走公路。直穿过去要近多了，三英里左右。

问：你走了这么远？

答：是的。

问：你之前作证说，你"知道"自己正在接近嘉丽。你能解释一下吗？

答：不能。

问：你能闻到她的味道吗？

答：什么？

问：你是跟着你的鼻子走的吗？

（旁听的观众笑了起来）

答：你在耍我吗？

问：请回答问题。

答：没有。我没有跟着我的鼻子走。

问：你能看见她吗？

答：不能。

问：听到她？

答：不能。

问：那你怎么可能知道她在那里？

答：汤姆·奎兰是怎么知道的呢？还有科拉·西玛德？还有可怜的维克·穆尼？他们又是怎么知道的？

问：回答我的问题，小姐。这不是你可以无礼的地方或时候。

答：但是他们也说了他们就是"知道"，不是吗？我在报纸上看到了西玛德太太的证词！那自动打开的消防栓呢？还有那些砸坏锁头并自己启动的油泵呢？甚至还有从电线杆上自己掉下来的电线！还有……

问：斯涅尔小姐，请……

答：这些事情都记录在委员会的会议记录中！

问：这并不是我们今天要讨论的问题。

答：那什么是呢？你们是在查找真相还是在找替罪羊？

问：你否认你事先知道嘉丽·怀特在哪儿吗？

答：我当然否认。这太荒谬了。

问：哦？为什么荒谬呢？

答：嗯，如果你是在暗示这里面有什么阴谋的话，那就太荒谬了，因为我找到嘉丽的时候，她已经快死了。那绝不是一种痛快的死亡方式。

问：如果你事先不知道她的下落，你怎么能直接去她那里呢？

答：天哪，你们这群蠢货！你们没听来到这里的人说的话吗？大家都知道那是嘉丽！只要有人想，就一定能找到她。

问：但并不是所有人都找到了她，只有你找到了她。你能告诉我们为什么人们没有像铁屑被磁铁吸引那样，从四面八方涌过来吗？

答：她的身体正在迅速衰弱。我想也许是……她的影响范围正在缩小。

问：我想你也同意这个假设没什么科学依据。

答：当然。但在嘉丽·怀特这个问题上，我们都没什么依据。

问：随便你怎么想，斯涅尔小姐。现在我们来看看……

　　一开始，她爬上亨利·德兰牧场和骑士酒吧停车场之间的路堤时，她以为嘉丽已经死了。她就躺在停车场中间，皱巴巴地萎缩成一团，看上去很奇怪。苏想起了她在95号公路上看到的土拨鼠、臭鼬等的动物尸体，它们都是被高速行驶的卡车和旅行车辗死的。

　　但她的脑海里仍然有一种东西在顽固地振动着，一直重复着嘉丽·怀特的个人呼号。嘉丽的本质，一种格式塔 ①。但那个存在现在变得柔和了，不再尖叫着彰显它自身的存在，而是在稳定地振动起伏。

　　失去知觉。

　　苏爬过停车场旁边的护栏，感觉到灼热的火焰扑在脸上。骑士酒吧是一座木结构建筑，所以烧得很快。火光清晰地映照出后门右侧一辆烧焦的汽车残骸。又是嘉丽干的。她没有去看里面有没有人。这不重要，现在已经不重要了。

　　她走到嘉丽侧身躺着的地方，火焰疯狂燃烧发出来的噼啪声让她听不见自己的脚步声。她低头看着那个蜷成一团的身影，心里充满了困惑和苦涩的怜悯。刀把残忍地矗立在她的肩头，她躺在一小摊血泊之中——有些血是从她嘴里流出来的。她的样子看上去像是在失去知觉前一直努力想翻过身来。仅凭意念就可以放火、拉下电线、杀人的人，如今却躺在这里无法翻身。

　　苏跪下来，抓住她的一只胳膊和没有受伤的肩膀，轻轻地

---

① 格式塔指一种心理学流派，强调经验和行为的整体性，认为整体不等于部分之和、意识不等于感觉元素的集合。

把她翻了过来。

嘉丽痛苦地呻吟了一声，眼睛颤动着。苏的意识对她的感知变得敏锐起来，仿佛脑海中出现了一幅清晰的画面。

（谁在那里）

苏也不假思索地用同样的方式说道：

（是我苏·斯涅尔）

不过根本没有必要去想她的名字。她想到自己时，既没有文字，也没有图像。意识到这一点之后，苏觉得一切都变得豁然开朗，变得真实起来，对嘉丽的同情打破了震惊之后的麻木感。

嘉丽恍惚而又沉默地责备道：

（你骗了我你们都骗了我）

（嘉丽我甚至都不知道出什么事了是汤米）

（你们骗了我发生了这件事骗我骗我骗我哦肮脏的把戏）

图像和情感交缠在一起，是如此地令人震惊、难以言表。血。悲伤。恐惧。一系列肮脏把戏中的终极一击：它们眼花缭乱地在苏脑海中一一闪过，让苏感到无助而又绝望。她们共享了嘉丽记忆中所有糟糕的部分。

（嘉丽别别别伤害我）

现在苏看到女生们在扔卫生巾，她们叫着，笑着；苏的脸出现在她自己的脑海里：丑陋，滑稽，张大了嘴巴，残酷的美。

（看看这些卑劣的玩笑看看我的一生就是这样一个漫长的卑劣玩笑）

（看我嘉丽看看我的心）

嘉丽看了。

这种感觉很可怕。她的思想和神经系统成了一个图书馆。一个非常急切的人在其中穿梭，手指轻轻掠过书架上的书本，拿出几本，浏览一番，又放回去，有几本书掉下来了，书页在记忆的风中

（瞥一眼那是我小时候讨厌他爸爸哦妈妈厚嘴唇哦牙齿鲍比推了我哦我的膝盖车想开车我们要去看塞西莉阿姨妈妈快来我尿尿了）

哗哗吹动；一直走啊走，终于来到了标着**汤米**的书架前，副标题是：**毕业舞会**。书被全部打开，记忆一闪而过，页边写满解释情感的象形文字，比罗塞塔石碑① 还要复杂。

看啊看。她发现的东西比苏自己察觉到的还要多——对汤米的爱，嫉妒，自私，在邀请嘉丽参加舞会的问题上迫使他服从她的意志，对嘉丽本人的厌恶

（她可以把自己拾掇得好看一些——她看起来就像一只**该死的癞蛤蟆**）

对德雅尔丹小姐的厌恶，对她自己的厌恶。

但对嘉丽个人来说，并没有恶意，也没有要在所有人面前羞辱她的计划。

那种在她最隐秘的记忆走廊里被强奸的强烈感觉消退了。她感到嘉丽退了出去，却还是那么虚弱、疲惫。

（你为什么不让我一个人待着）

（嘉丽我）

---

① 罗塞塔石碑制作于公元前 196 年，用古希腊文字、古埃及文字和当时的通俗体文字刻了古埃及国王托勒密五世登基的诏书。

（妈妈本可以活着我杀了我妈妈我想要她哦我胸口疼肩膀疼哦哦哦我想要我妈妈）

（嘉丽我）

苏无法完成这个想法，不知道该想什么了。突然，她感到惊惧万分，更糟糕的是她无法形容这种感觉：在痛苦和死亡面前，这个躺在这条沾满油污的沥青路上流血的怪物突然变得毫无意义，十分可怕。

（哦妈妈我好害怕妈妈**妈妈**）

苏想抽离自己的意识，让嘉丽至少拥有死亡的隐私，但她办不到。她仿佛觉得她自己快要死了，不想提前看到自己的最终结局。

（嘉丽让我走）

（妈妈妈妈妈妈哦哦哦哦哦哦哦哦哦**哦哦哦哦哦哦哦哦哦**）

意识中的尖叫声逐渐增强，直到达到了不可思议的强度，然后突然减弱了。有那么一会儿，苏觉得自己好像在看着一簇烛火以极快的速度消失在一条漫长漆黑的隧道里。

（她要死了我的天我在感觉她的死亡）

然后烛火消失了，最后一个有意识的想法是

（妈妈对不起哪里）

然后一切结束了，苏进入一种身体神经末梢完全空白、接近愚蠢的状态，而这些神经末梢还要几个小时才能完全死去。

她奋力挣扎出那种状态，然后像个失明的女人一样，伸出双手朝停车场的边上走去。她被齐膝高的护栏绊了一下，从路堤上滚了下来。她爬起来，跌跌撞撞地走到田野里，田野里弥

漫着神秘的白雾。蟋蟀一个劲地唧唧叫着，还有一只夜莺 ①

（夜莺有人要死了）

在清晨的寂静中鸣叫。

她开始跑起来，深深地吸了一口气，从汤米身边跑开，从大火和爆炸声中跑开，从嘉丽身边跑开，但主要是从最后的恐惧中跑开——最后一闪而过的念头被迅速地带进了永恒的黑暗隧道，只剩下电流发出的空洞乏味的声音。

脑中的残像开始不情愿地褪去，在她的头脑里留下了一片愉悦、清凉和无知的黑暗。她放慢脚步，停了下来，意识到有什么事情要发生了。她站在这一大片雾蒙蒙的田野中间，等待着。

她急促的呼吸越来越慢，越来越慢，就像突然被荆棘刺了一下——

在一声受骗的咆哮尖叫中，突然把它发泄了出去。

她感觉到暗红的经血正顺着她的大腿慢慢往下淌。

---

① **在**美国，北美夜莺的叫声被认为是死亡的预兆。

第三部

湮　灭

韦斯托弗济慈医院死亡报告

姓名：<u>怀特</u>　　<u>嘉丽塔</u>　　<u>N.</u>　　　　经办人：<u>RM</u>

　　（姓）　　（名）　　（中间名）

地址：<u>缅因州张伯伦镇卡林大街 47 号 02249</u>

急诊室：<u>无</u>　　　　　　救护车编号：<u>#16</u>

治疗：<u>无</u>　　　　　　送达医院当即死亡：<u>☑是　□否</u>

死亡时间：<u>1979 年 5 月 28 日凌晨 2 点（大约）</u>

死亡原因：<u>出血、休克、冠状动脉阻塞和 / 或冠状动脉血栓形成</u>

　　　　　<u>（可能）</u>

死者证明人：<u>苏珊·D. 斯涅尔</u>

地点：<u>缅因州张伯伦镇后张伯伦路 19 号 02249</u>

直系亲属：<u>无</u>

遗体归属：<u>缅因州政府</u>

诊断医生：<u>哈罗德·库布勒　医学博士</u>

病理学家：<u>TM</u>

　　摘自美联社自动收报机一九七九年六月五日星期五收到的电报：

缅因州张伯伦镇（美联社电）

　　州政府官员称，张伯伦镇的死亡人数为 409 人，目前仍有 49 人失踪。

　　关于嘉丽塔·怀特和所谓"意念移物"现象的调

查仍在继续进行，一直有传言称对怀特的尸检发现其大脑和小脑结构均有异常。该州州长已委托一个专门的委员会来调查整个悲剧。完。

美联社 **0303N** 六月五日　最后报道

摘自《路易斯顿太阳日报》，九月七日刊（星期日）第3页：

意念移物之后：焦枯的土地和心灵

张伯伦镇——舞会之夜如今已成为历史。古往今来，圣贤们一直都说时间可以治愈一切伤痛，但是缅因州西部的这个小镇所遭遇的伤痛却是致命的。镇东的居民区仍然在那里，街上有二百年历史的美丽的橡树依然守卫着这个地方。莫林街和砖厂山上整齐的坡顶房屋和牧场风格的小屋依然整洁完好。但和这片新英格兰风格的田园景色相连的则是一片焦土和废墟，许多房屋屋前的草坪上都立着"待售"的标牌。那些仍有人居住的房屋门上则挂着黑色花环。近来，张伯伦镇的街道上随处可见亮黄色的联合搬家公司的货车和"优货"公司大大小小的橙色厢式货车。

该镇的主要企业张伯伦织造厂仍然屹立在那里，未受到五月那两天肆虐该镇的大火的殃及。但自六月四日以来，该厂每天只有一班工人上班，据厂长威廉·A.钱布利斯说，员工数量还有可能进一步减少。"我们有订单，"钱布利斯说，"但是你没办法经营一家没有人来上班的工厂。我们没有工人。从八月十五日起，我收到了 34 个人的离职报告。目前我们唯一能做的就是关闭染色车间，把这些活儿转包出去。我们不愿意让这些人离开，但是目前的状况已经涉及企业的生存问题。"

罗杰·费伦在张伯伦住了二十二年，在这个织造厂工作了十八年。这期间，他从每小时挣七十三美分的装袋工人升到了染色车间领班；奇怪的是，他似乎对失业的可能性无动于衷。"我会失去一份相当不错的工资，"费伦说，"这不是一件小事。我和妻子商量过了。我们可以把房子卖了——它至少值两万美元，虽然我们可能连一半价格都卖不到，但我们还是要卖了它。钱无所谓。我们真的不想再住在张伯伦了。随你们怎么说，张伯伦已经不适合我们居住了。"

绝不是只有费伦一个人想这样做。亨利·凯利是凯利水果店的老板，这家店还出售烟草和冷饮，舞会之夜它被夷为平地。"孩子们都不在了，"他耸了耸肩。"如果我继续开店的话，恐怕会有很多鬼魂都聚在这里。我要拿着保险金，退休到圣彼得堡去。"

一九五四年，一场龙卷风造成伍斯特市多人死亡，损失惨重。但一周后，伍斯特市内就响起了锤子的敲打声，空气中飘荡着新鲜木材的味道，充满着蓬勃向上的乐观和坚韧。而今年秋天张伯伦却完全没有这样的活力。主路上的碎石已被清理干净，但也仅此而已了。你见到的每一张脸上都充满了绝望和呆滞。男人们在沙利文街拐角处的弗兰克酒吧沉默地喝着啤酒，女人们则在后院诉说着彼此的悲哀和伤痛。张伯伦已被宣布为重灾区，政府划拨了重建资金，目前商业区已开始重建。

但过去四个月以来，张伯伦镇的主要商业是葬礼。

目前已知有440人死亡，另有18人下落不明。其中67名死者是即将毕业的埃文高中高年级学生。也许比起其他任何事情，正是这一点更让张伯伦人失去勇气。

这些学生葬于六月一日和二日举行的三次集体葬礼。六月三日，镇广场举办了追悼会。这是本文记者所见过的最感人的仪式。数千人出席了此次追悼会；原有56人，如今却减为不到40人的学校乐队演奏校歌和葬礼安息号时，全场一片寂静。

一周后，在邻近的莫顿学院举办了一场沉闷的毕业典礼，但只有幸存的52名高年级学生毕业了。致告别辞的毕业生代表亨利·斯坦佩尔演讲到一半时放声大哭，无法继续。毕业典礼之后也没有举行毕业晚会；高年级学生只是拿了毕业证书就回家了。

然而，随着夏天的流逝，有更多的尸体被发现，灵车依然行驶在张伯伦镇上。对一些居民来说，这就像每天都被人撕开伤疤，让伤口一直流血一样。

如果你也是上周来张伯伦镇探奇的人之一，那么你看到的就是一个精神上正遭遇癌症晚期折磨的小镇。有些人像丢了魂一样在商场的过道里走来走去。卡林大街上的公理会教堂已被大火烧毁，但红砖砌就的天主教堂仍屹立在榆树街上，主街外侧整洁的卫理公会教堂虽然被火炙烤，但主体无恙。然而并没多少人走进教堂。老人们仍然坐在法院广场的长椅上，但他们却无心下棋，甚至也不再交谈了。

张伯伦镇给人留下的总的印象就是一个濒临死亡的小镇。如今，若只说张伯伦难现往日繁华是远远说明不了问题的。更准确的说法是，张伯伦已不复存在了。

摘自亨利·格雷尔校长于六月九日写给教育厅厅长彼得·菲尔波特的信：

……所以我觉得我无法继续担任我现在的职务了。我一直觉得，如果我更有远见，这样的悲剧原本可以避免。如果您和您的部下同意的话，我希望您能接受我自七月一日起辞去职务……

摘自体育老师丽塔·德雅尔丹于六月十一日给校长亨利·格雷尔的信：

……我把我的合同还给您。我觉得我这辈子再也不会去教书了。夜深人静时，我一直在想：要是我能伸出手帮助那个女孩就好了，要是，要是……

在曾是怀特家的平房前的草坪上，发现了油漆字迹：

嘉丽·怀特因她的罪孽而身受火刑

耶稣永不失误

摘自迪恩·D.L.麦高芬所著的《心灵致动：分析与后果》(刊登于《科学年刊》，1981年)：

最后，我想指出的是，当局用官僚主义作风——我指的就是所谓的怀特委员会——来掩盖嘉丽·怀特事件，是在冒险。政客们想要将意念移物视为极偶然才会发生的现象的愿望似乎非常强烈，尽管这可以理解，却是绝对不可接受的。从遗传学的角度来看，这种事情再发生的可能性是99%。现在我们要提前做好准备，以应对可能会……

摘自约翰·R.库姆斯著《俚语解读：父母指南》(纽约：灯塔出版社，1985年)，第73页：

（1）欺骗嘉丽：造成暴力或毁灭；蓄意伤害，造成混乱；（2）纵火（源于嘉丽·怀特，1963—1979年）

摘自《潜能爆发》第201页：

本书还曾提及，在嘉丽·怀特的一本笔记本上，有一页反复抄写了本世纪六十年代著名摇滚诗人鲍勃·迪伦的一句歌词，这可能是她在绝望中写的。

那么以鲍勃·迪伦另一首歌的几句歌词来作为本书的结尾可能比较合适，或许这几句词也可以用作嘉丽的墓志铭：我希望可以给你写一些简单的旋律／让你远离疯狂，亲爱的女士／可以让你冷静，让你放松／

停止你毫无用处毫无意义的认知之痛……①

摘自《我的名字叫苏珊·斯涅尔》第98页：

现在这本小书写完了。我希望它能卖得好，这样我就可以去一个没人认识我的地方。我要重新思考所有的事情，思考从现在开始直到我的光芒穿过长长的隧道进入黑暗之中的这段时间里，我要做些什么……

摘自缅因州州调查委员会关于缅因州张伯伦镇5月二十七日至二十八日事件的结论：

……因此，我们必须得出这样的结论：尽管尸检显示出嘉丽体内某些细胞的变化，而这些变化也许表明了某种超自然力量的存在，但我们并未发现这种事情会再次发生、甚至是可能会发生的任何依据……

摘自住在田纳西州罗伊尔诺布的阿米莉娅·詹克斯于1988年五月三日给住在乔治亚州梅肯的桑德拉·詹克斯的信：

……你的小外申（原文如此）女正在疯长，她才两岁，但个子已经很高了。她的蓝眼睛像爸爸，金发像我，以后颜色刻能（原文如此）会变深。但她仍然非常漂亮，有时她睡着的时候，我觉得她看起来和我们的妈妈长得真像。

有一天，她在房子旁边的泥地上玩耍的时候，我偷偷踩（原文如此）在旁边，看到了一件狠（原文如此）好玩的事儿。

---

① 摘自鲍勃·迪伦《墓碑蓝调》中的歌词。

安妮在玩她哥哥们的弹珠，那些珠子自己在东来东去（原文如此）。安妮格格（原文如此）笑着，但我却有点害帕（原文如此）。有些弹珠还在上下跳动，这让我想起了我们的奶奶，你还记得警察抓彼得那次吗？他们的枪从手里飞了出去，而奶奶就只是那样笑着。她以前还经常让空摇椅摇起来。一想到这事，我就心烦意乱。我镇（原文如此）希望她别像奶奶那样心脏出问题，记得吗？

好吧，我得去洗东西了。请代我向里奇问好，如果可能的话，请给我们寄些兆片（原文如此）来。我们的安妮还是那么漂亮，她的眼睛像口子（原文如此）一样明亮。我打赌有一天她会让全世界都震惊的。

爱你的，
阿米莉娅